로크미디어가
유혹하는
재미있는 세상

ROK
MEDIA
로크미디어

이것이 법이다

이것이 법이다 137

2022년 6월 3일 초판 1쇄 인쇄
2022년 6월 9일 초판 1쇄 발행

지은이 자카예프
발행인 김정수 강준규

기획 이기헌 왕소현 박경무 강민구
책임편집 최전경
마케팅지원 이원선

발행처 (주)로크미디어
출판등록 2003년 3월 24일
주소 서울시 마포구 성암로 330 DMC첨단산업센터 318호
Tel (02)3273-5135 **편집** 070-7863-8592 **Fax** (02)3273-5134
홈페이지 rokmedia.com **E-mail** rokmedia@empas.com

ⓒ 자카예프, 2015

값 8,000원

ISBN 979-11-354-7351-7 (137권)
ISBN 979-11-255-9575-5 04810 (세트)

이것이 법이다

137

자카예프 장편소설

로크미디어

CONTENTS

군인도 결국 인간이다   7

숨은 돈 꺼내기   49

역사의 검은돈   87

역사의 부채는 강제 추징   127

성동격서   151

퇴직금은 셀프   191

자금 세탁은 세탁기가 안 한다   219

군인도 결국 인간이다

"아직도 버릇을 못 고쳤다고 하네요."

노형진은 입맛을 다셨다.

"애초에 그런 인간이 변할 리가 없지요. 그런 놈들에게는 미래가 없습니다."

노형진은 그렇게 말하면서 서류 하나를 건넸다.

"이건 뭡니까?"

"이종칠에 대한 조사 기록입니다."

"조사 기록?"

조호수는 그걸 받아서 읽기 시작했다.

그리고 어이가 없다는 듯 노형진을 바라보았다.

"이종칠의 아빠가 조폭이 맞기는 하군요."

"네, 조폭이 맞기는 합니다. 하지만 서울에서 룸살롱을 크게 한다는 건 거짓말이더군요. 현재 홍성에서 수감 중입니다. 싸우던 반대파 조직원과 그 가족을 살해해서 무기징역을 선고받았습니다. 현재 5년째 수감 생활 중입니다."

"그러면 영원히 못 나오는 겁니까?"

"그건 아닙니다. 무기징역은 20년 이상 복역하면 가석방 대상이 됩니다. 물론 안 되는 경우도 많지만요. 가석방되지 않을 정도의 처벌은 무기징역이 아니라 종신형입니다."

"그러면 그 뭐만 하면 보복한다고 한 게?"

"말도 안 되는 헛소리입니다."

애초에 그의 아버지가 속해 있던 범죄 조직은 큰 것도 아니었고, 그 싸움으로 인해 결국 와해되어 죄다 감옥에 있는 상황이었다.

상해나 기타 상황에 따라 처벌이 달라지기는 했지만 아직 출소한 사람은 전혀 없는 상황.

"말 그대로 겁을 주기 위해 한 짓거리인 것 같습니다."

"으음…… 그런데 왜 이런 것까지…….."

솔직히 조호수가 의뢰한 것은 군 내부의 문제였지 다른 깡패 놈의 문제는 아니었다.

"안전을 위해서지요. 사건이 끝났다고 해서 저희는 그대로 방치하지 않습니다. 안전을 위해서라도 그 진실성에 대해서는 확인을 해야지요."

이종칠이 진짜 조폭의 아들인지 그리고 그런 경우 위협이 되는지, 알아봐야 했다.

"하지만 현실적으로 위협의 가능성은 없습니다."

이종칠의 아버지의 경우는 살인죄로, 가석방 대상이 되려면 15년은 더 있어야 한다.

더군다나 20년이 된다고 해서 무조건 풀어 주는 것도 아니고 말 그대로 가석방의 가능성을 따진다는 거다.

그런데 현실적으로 본다면 일가족 네 명을 죽인 살인범이 가석방이 될 가능성은 전혀 없다고 봐도 무방하다.

"그런데 그는 아직 정신을 못 차렸더군요."

이종칠의 아버지는 여전히 자신이 조폭이라면서 다른 죄수들을 협박하고 갈취하고 영치금으로 산 물건을 빼앗는 등의 행동을 하고 있다고 한다.

그래서 수차례 징벌방에 갔음에도 불구하고 그 버릇을 못 고치고 있다는 것.

"그런 상황이라면 절대로 가석방 심사에서 통과되지 못합니다."

"누구한테 배웠는지 알 것 같네요."

쓰게 웃는 조호수.

"그러면 이걸 알리면 장교들이 정신을 좀 차릴까요?"

"확실히 그렇습니다만."

노형진은 말을 하다가 잠깐 침묵을 지켰다.

사실 지금부터 할 말은 조호수에게 있어서 무리인 이야기일 수도 있었다.

"하지만 이번 일에서 가장 큰 문제는 장교죠."

"네? 장교요? 뜬금없이요?"

조호수는 고개를 갸웃했다.

사고를 친 건 이종칠인데 갑자기 장교가 문제라고 하니 말이다.

"장교는 부대를 관리해야 하는 사람들입니다. 단순히 노예를 관리하는 노예장이 아니라요. 그런데 그들은 병사의 신상도 제대로 확인하지 않고 오로지 두렵다는 이유로 부하 병사의 범죄행위를 방치하고 있습니다."

사실 이건 심각한 문제다.

장교로서 최소한의 기준도 맞추지 못하는 사람들이 군대에서 병사를 지휘하고 있는 것이다.

"그런 자들은 장교로 둬서는 안 됩니다. 이미 그 부대의 지휘권은 사실상 이종칠에게 넘어간 거나 마찬가지죠. 장교들은 그걸 방치한 거구요. 그런 군대가 과연 전쟁터에서 제대로 된 전투를 할 수 있을까요?"

당연히 아니다.

만일 이종칠 같은 망종이 부대를 통제하면 어떤 일이 벌어질까?

아마 전쟁터에서 돌격 명령을 하는 장교의 뒤통수에 총을 갈기고 부대 전체를 무장탈영 집단화해 버릴 것이다.

그러고는 어딘가에 숨어서 강도질이나 약탈을 하게 될 가능성이 크다.

최악의 경우 점점 세력을 늘려서 군벌이 되거나 해서 내부를 혼란스럽게 할 가능성도 있다.

그건 전쟁터에서 흔하게 벌어지는 일 중 하나이자 현대의 군대가 그렇게 상명하복에 매달리는 이유이기도 하다.

실제로 과거의 전쟁을 보면 무장탈영 한 군대가 도리어 국민들에게서 돈을 빼앗고 살인을 일삼던 기록은 여기저기서 발견된다.

"장교로서 최소한의 역할도 포기한 순간부터 그들은 자신들의 가치를 잃어버린 겁니다. 이런 말씀 드리긴 죄송합니다만 그들이 그런 자리에 계속 있게 둘 수는 없습니다."

노형진의 말에 조호수는 수긍하면서도 한편으로는 너무 과민 반응이 아닌가 하는 생각이 들었다.

"아버지가 조폭이라고 하니 두려워서 그런 거 아닐까요? 우리처럼 조사할 수 있는 처지도 아니고."

노형진은 고개를 흔들었다.

아버지가 조폭이라서 겁먹고 놔둔다?

그럴 수도 있다.

"하지만 그건 어디까지나 하급 장교 기준이지요."

소위나 중위쯤 되면 아직 세상을 잘 모르고 어린 나이다.

사실 소위나 중위는 병사들보다 나이가 그렇게 많은 것도 아니다. 그러니 이해라도 한다.

"하지만 대위, 그러니까 중대장쯤 되면 세상을 알게 되지요."

아무리 깡이 좋은 조폭이라고 해도 군인은 못 건드린다.

일단 군인을 터치하기 위해서는 군에 돌입해야 하는데, 그런 경우 초병이 벌집으로 만들어도 무죄다.

그렇다고 밖에서 기다리는 것도 가중처벌 되니 불가능하다.

"자식이 군대에서 가혹 행위나 신체적 상해를 당한 것도 아니고 그냥 기분 나쁘다고 군인을 습격하는 그런 놈이 있었다면 이미 벌써 감옥에 가 있겠지요."

대위쯤 되면 그걸 안다.

그리고 더 위쪽인 소령쯤이라면, 그런 헛소리 하는 놈이 있으면 바로 영창에 처박아 버린다.

"그런데 그들은 그 사실을 알면서도 그냥 모른 척했습니다. 심지어 그걸 이용해서 부하들을 갈취하고 있다는 걸 알면서도 그냥 뒀지요. 왜 그랬을 것 같습니까?"

"그건 저도 잘 모르겠군요."

조호수의 말에 노형진은 간단하게 말했다.

자신이 군법무관 생활 중에 이런 경우가 종종 있었는데 원인은 대부분 비슷했다.

"간단합니다. 귀찮거든요. 사실 우리나라의 장교들 중에는 병사들을 노예처럼 생각하는 놈들이 있습니다. 장교가 되었다는 것에 강한 선민의식을 가진 놈들이 있거든요."

고작해야 1년 6개월 후에 나가면 다시는 볼 일이 없는 관계이니 그사이에 자신이 뭘 시키든 해야만 하는 그런 노예들이라고 생각하는 거다.

물론 대부분의 장교들은 병사들을 아끼고 그들을 위해 노력한다.

그러나 선민의식을 가진 장교들은 그런 정상적인 장교들을 비웃는다.

"군 시스템은 웃기지요. 병사들을 대우해 주고 노력하는 장교가 병사들을 갈아 넣는 장교보다 승진에서 더 불리합니다."

병사를 사람으로 대하고 존중하는 장교는 대한민국의 구조상 승진이 어렵다.

도리어 병사를 갈아 넣고 범죄를 은닉하고 사건을 무마한 장교가 승진하기 쉬운 게 현실.

"그런 놈들을 그냥 두는 이유는 바로 간수장이기 때문이죠, 쉽게 말하면."

원래 군법상 모든 병사들은 동등하다.

병장이나 상병이 일병이나 이등병에게 명령을 내리는 것은 불법이며, 그게 가능한 최하위 계급은 분대장부터이다.

"그랬습니까?"

조호수는 눈을 크게 떴다. 전혀 들어 본 적이 없는 말이니까.

"아마 대부분의 국민들, 심지어 군대에 다녀온 병사들조차도 몰랐을 겁니다. 하지만 법률상 분대장 이하 모든 병사들은 동등합니다."

물론 비상사태, 가령 교전 중 지휘 라인이 전멸한다거나 하는 상황에서는 그러한 명령권이 있다고 볼 수도 있다.

그러나 그건 어디까지나 교전에 관련된 부분이지 일상생활이나 휘하 병사들을 노예처럼 부려 먹는 것과는 관련이 없다.

"그런데 왜……?"

"말씀드렸다시피 노예장인 겁니다. 아무리 좋게 봐도 외주 업체 같은 거구요. 구 일본군의 악습이 사라지지 않고 남은 거지요."

"구 일본군요?"

"구 일본군은 병사를 5전짜리라고 불렀다고 하더군요."

그 당시 일본에서 우푯값이 딱 5전이었다.

그래서 그 당시 장교들은 우표 한 장이면 병사를 무한대로 징집할 수 있다고 생각했다.

징집 우편 하나만 보내면 얼마든지 보충할 수 있었으니까.

그래서 구 일본군 장교들은 병사들을 5전짜리라고 무시했다.

그랬기에 반자이 돌격이니 가미카제니 하는 인명 경시가 가능했던 것이다.

지휘관들 입장에서는 그들은 사람이 아니라 5전짜리 물건에 지나지 않았으니까.

"우리나라가 독립하면서 구 일본군의 악습을 없애지 못한 거야 유명한 일이죠."

특히 구 일본군의 똥군기는 거의 그대로 전달되어 버렸지만, 여전히 대한민국 군대는 똥군기를 기반으로 굴러가야 군기가 들었다고 생각하는 놈들 천지다.

규정대로라면 하사관 또는 소대장이 모든 병사들을 관리해야 하는데 말이다.

장교 입장에서는 직접 병사들을 관리하고 문제를 해결하는 게 귀찮은 일이라는 거다.

뭔가 시키는 건 어렵지 않다.

그러나 그 안에서 심리적 케어, 군 생활에 대한 적응이나 상담 등을 하기는 귀찮다.

물론 명목상의 상담 시간이 있기는 하지만 그 상담 시간에 아무리 군 생활에서 힘든 걸 말해 봐야 절대 고쳐지지 않는다.

"하지만 병사들에게 서열을 만들고 강제로 적용하면 일이 편해지거든요. 거기서 못 버티는 놈은 인생 패배자라고 몰아가는 거죠."

한 명에게만 시키면 피라미드 형태로 내려간다.

노예장이 알아서 노예들을 관리하는 거다.

"그리고 책임도 면하지요."

한 병사가 다른 병사를 구타하거나 괴롭혀도 그 책임은 그 구타한 병사가 진다.

물론 장교에게도 어느 정도 영향이 있긴 하지만 사실 구타

정도로는 큰 영향은 없다.

"사람만 안 죽고 병신만 안 되면 군에서는 대부분 덮을 수 있습니다."

다리가 부러져도 군 내부에서 축구하다 다쳤다거나 계단에서 굴렀다는 식으로 변명이 가능하다.

그리고 세뇌를 통해 그런 걸 일종의 전우애로 포장한다.

"하지만 그건 전우애가 아니죠."

전우애는 전쟁터에서 다리를 다친 병사를 부축하고 같이 탈출하는 거지, 범법자의 범죄를 감춰 주는 게 아니다.

"결국 그 책임을 져야 하는 건 장교죠. 문제는 대한민국은 책임에 대해 너무 관대하다는 겁니다."

한국에서 안전장치를 마련해야 하는 사업주의 대처가 미흡해서 사람이 죽을 경우 나오는 건 고작해야 벌금 정도다.

매달 수천만 원을 벌어 대는 한국의 사업주에게 수억짜리 안전장치를 할 것이냐, 아니면 사람이 죽은 후에 수백만 원짜리 벌금을 선택할 것이냐고 물으면 그는 그냥 수백만 원짜리 벌금을 내는 것을 선택한다.

"애초에 이건 영창으로 끝날 문제가 아니었습니다."

폭행하고 돈을 갈취했다.

그런데 그걸 고작 영창으로 끝냈다?

그랬다면 이건 이종칠 개인의 문제가 아니라 장교의 문제가 된다.

"뭐, 이유는 아실 거라고 생각합니다만."

만일 이 문제가 공론화되면 그 부대에 있던 장교들 모두 군 생활은 끝났다고 봐야 한다.

실제로 군대에서 문제가 생겨도 많은 장교들이 자신들의 미래를 위해 묵인하거나 은폐한다.

"옛날에는 사람이 죽어도 그냥 묻어 버렸다고 하지요. 실제로 그런 시체들이 적지 않게 발견되었고요."

사람이 죽는 사고가 발생하면 장교 인생 끝이지만 그냥 탈영으로 처리하면 약간의 인사고과 처벌로 끝이다.

군대에서는 무조건 탈영한 사람이 잘못했다고 판단해 버리니 말이다.

그래서 과거에 일부 장교들은 사람이 죽으면 그대로 묻어 버리고 탈영 처리하는 경우가 종종 있었다.

"이런 경우는 해결책이 하나뿐입니다."

"그러면 그걸 하죠."

설명을 듣던 조호수가 입을 열었다.

그러나 노형진은 확실하게 짚고 넘어가야 할 부분이 있었다.

"그런데 이 부분은 확실하게 아셔야 합니다. 그렇게 되면 도리어 아드님이 불편해지십니다."

"불편해진다고요?"

"그렇습니다. 후임들은 편해질지 모르지만 아드님은 확실히 불편해질 겁니다."

"어째서요?"

"지금의 아드님은 누구도 건드리지 못할 테니까요."

아버지가 장군의 친구다.

그런데 누가 과연 조명수를 건드리고 싶어 할까?

아마도 누구도 그를 건드리려고 하지 않을 것이다.

조호수는 의아한 표정을 지었다.

"그럼 문제 될 게 없지 않나요?"

"아뇨, 있습니다. 제가 쓰려는 방법이 부대를 폭파시키는 거거든요."

"부대 폭파요?"

"네. 군 생활을 해 보셔서 알겠지만 그런 경우 군 생활이 많이 꼬이죠."

부대 폭파란 부대를 해산시키는 것을 말한다.

문제는 그런 경우는 진짜 드물다는 거다.

국방부에서도 진짜 답이 안 나올 때만 쓰는 방법이 부대 해산이다.

그리고 그런 부대에 있던 병사들은 각각 다른 부대에 배정받아 가게 되는데, 그러면 서열도 꼬이고 애매해지는 문제가 있다.

"다른 부대로 가게 되면 상병급들은 아무래도 불편한 생활을 하게 됩니다."

선임 취급도 못 받는다.

특히 대부분의 군부대 해산은 고참 병사들의 지독한 폭행이 원인이기 때문에 더 그렇다.

직접 폭행하지 않았다고 해도 의심스럽다는 것만으로도 경계 대상이 되는 것이다.

"그런데 심지어 지금 아드님은 장군의 친구의 아들로 알려져 있으니 더욱 힘들겠지요. 만약 아드님이 군 생활을 편하게 하는 게 목표라면 이쯤에서 물러서셔야 합니다."

조호수는 잠깐 고민했다. 그러나 이내 고개를 흔들었다.

"그런 거였다면 제 아들은 저에게 도움을 청하지 않았을 겁니다."

조호수는 확신에 차서 말했다.

"그 녀석은 처음부터 후임들을 돕는 방법을 물어봤지요, 자기가 아니라."

"그러면?"

"어차피 얼마 남지 않은 군 생활입니다. 이야기해 봐야겠지만, 후임들을 우선 챙길 겁니다."

노형진은 고개를 끄덕거렸다.

"그러면 제가 제대로 진행하겠습니다."

"그런데 부대 폭파가 그렇게 쉽겠습니까? 솔직히 저도 군대를 다녀왔습니다만."

부대의 해산은 어지간하면 일어나지 않는다.

누군가 눈이 돌아가서 막사에 수류탄이라도 던져 넣는다

면 모를까.

"아, 걱정하지 마세요."

노형진은 자신 있게 웃었다.

"수류탄은 제가 던져 넣을 겁니다, 후후후. 민사소송이라는 수류탄을 말이지요."

⚖️

조명수는 아버지 조호수와 통화를 하고 고민에 빠졌다.

민사소송. 생각지도 못한 선택이었다.

'확실히 방법이 없기는 하지.'

이종칠은 영창에 갔다 온 후에도 바뀌지 않았다.

아, 딱 하나 바뀐 것이 있었다.

자신을 절대 건드리지 않는다는 것.

하지만 여전히 후임들을 쥐 잡듯이 잡으며 돈을 갈취하고 있었다.

'하지만 장교들한테 말해도 들은 척도 안 하고.'

그런 생각을 하던 조명수는 왠지 헛웃음이 나왔다.

'뭐? 자기는 무서울 게 없어? 웃기고 있네.'

자기 아버지가 조폭이라 개기는 놈은 담가 버리면 그만이라면서 거들먹거렸는데, 정작 그 아버지라는 작자는 감옥에서 나올 가능성이 현재로서는 제로라는 거다.

이것이 법이다

'어쩐지 말만 요란하고 한번 오지도 않는다 싶었다.'

맨날 아빠가 오면 다 갚아 준다고 설레발은 다 치는데도 면회조차 오지 않는데 그거에 겁먹고 눈치를 보는 병사들과 간부들이, 조명수는 짜증이 났다.

'전우애라…….'

조명수는 고민했다.

만약 그 혼자만 관련된 거라면 고민은 하지 않았을 것이다.

하지만 정작 그는 피해자로서의 위치가 애매하다.

이종칠은 조명수만은 동기라는 이유로 크게 손대지 않았다.

정확하게는, 다른 사람과 달리 조명수만은 이종칠의 아버지가 조폭이라는 말에도 겁먹지 않아 손대지 못한 거지만.

'그러고 보니 이 새끼…….'

강한 자에게는 약하고, 약한 자에게는 강하다.

자신을 비롯해서 몇몇 대놓고 무시하거나 조폭이라는 말에도 겁먹지 않던 사람들은 놔두고, 약한 후임이나 겁먹은 선임들만을 대상으로 온갖 지랄을 해 왔다.

'그래, 이렇게 되면 방법은 하나뿐이네.'

아마도 그 방법을 쓰면 확실히 부대가 폭파될 것이다.

하지만 그는 차라리 그게 나을 거라는 생각이 들었다.

다른 곳에 가서 적응이 힘들기는 하겠지만 어차피 1년 6개월이면 끝나는 시간이다.

그는 그 절반도 안 남았고 말이다.

선임들은 어쩔 수 없겠지만 후임들은 차라리 빨리 움직이는 게 적응하기에는 나았다.

'그러면 소송할 사람으로는 나보다는 다른 사람을 골라야 하는데.'

그의 머릿속에 생각나는 사람이 한 명 있었다.

"민수야, 힘들지?"

"일병 김민수! 아닙니다!"

"아니긴 뭐가 아니야. 내가 다 아는데."

담배를 꺼내서 김민수에게 건네는 조명수.

김민수는 약간 눈치를 보다가 그걸 받아서 피우기 시작했다.

"담배 하나 피우기도 힘들어서 어쩌냐?"

"……"

"이종칠 그 개새끼 때문에."

김민수는 얼마 전 일병을 단 후임이다.

그리고 이종칠이 갈취하는 대상 중 한 명이었다.

현재 일병 월급이 많은 것도 아니다.

그런데 이종칠은 김민수를 비롯해서 후임들의 돈을 빌려 간다는 이름으로 갈취한다.

물론 절대로 갚지는 않는다.

과거에는 군 담배가 배급으로 나왔다지만 지금은 월급이 인상되는 대신 구입으로 바뀌었는데, 그런 상황에서 이종칠에게 돈을 빼앗기고 있으니 사서 피운다는 건 꿈도 꾸지 못할 상황이 된 것이다.

"민수야."

"일병 김민수."

"단도직입적으로 말할게. 너, 그 새끼랑 우리 부대 장교들 고소 한번 안 해 볼래?"

"네?"

너무 황당한 말이었기 때문에 김민수는 되물었다가 자신도 모르게 아차 싶었다.

그러나 조명수는 신경 쓰지 않고 담담하게 말했다.

"그 새끼들 말이야, 장교로서 가치도 없는 새끼들이야."

"하지만 이종칠 상병 아버지가……."

조폭이라는 것. 그건 의외로 두려움을 불러일으킨다.

아예 신경 쓸 것이 없다면 모를까, 사회에 나가서 멀쩡하게 생활해야 하는 사람들의 입장에서는 더더욱 그렇다.

"그 새끼 아버지, 무기징역이란다."

"그게 무슨 말씀이십니까?"

"뭔 말이긴, 이종칠 개새끼가 우리한테 구라 친 거지."

보복은커녕 앞으로 최소한 15년은 면회도 못 온다.

도리어 이종칠이 제대하고 나가서 면회를 가야 할 판국이다.

"이런 개……."

순간 욕이 나오던 김민수는 아차 하면서 입을 막았다.

"개새끼지. 맞아, 개새끼야. 이종칠 그 새끼도 개새끼고 장교 새끼들도 개새끼고. 그리고 네가 여기에 있으면 이종칠 그 개새끼랑 계속 부딪쳐야 하잖아."

"그건 그렇습니다."

"그리고 내가 뭐, 너보다 군 생활을 더 오래 해 보니까 말이다, 그렇게 누구한테 무시당하잖아? 그러면 후임이 사람 취급도 안 해 준다."

"……."

"차라리 부대 폭파시키고 다른 부대 가라."

"조 상병님?"

김민수의 눈이 커졌다.

물론 그건 가능하다.

하지만 그렇게 되면 고달픈 건 상병급이다.

병장급은 제대가 얼마 안 남아서 그 부대에서도 신경 안 쓰고, 일병이나 이등병급은 아무래도 후임 라인에 들어가기에 복잡해도 융화는 가능하다.

하지만 상병급은 부대가 터져서 다른 부대로 가면 무시당하고 제대로 취급도 안 해 준다.

그러니 그런 상병급이 먼저 부대를 폭파시키라고 할 줄은 그도 몰랐던 것.

"아버지랑 이야기 다 해 놨다. 너희가 이야기해서 소송한 다고 하면 변호사비랑 그런 건 사회단체에서 내줄 거야."

"하지만 조 상병님이⋯⋯."

"그래 봤자 1년도 안 남았다. 내가 아버지 세대처럼 뭐, 막 3년씩 하는 것도 아니고 말이야. 그리고 저런 새끼들이 장교로 그냥 있으면 후임들이 들어왔을 때 무슨 꼴을 당할 것 같냐?"

"⋯⋯."

"지금도 저 꼴인데 다음 후임들 중에 저러는 새끼가 안 나올 것 같아?"

저렇게 대놓고 돈을 갈취하는데도 불구하고, 문제가 되면 승진이 안 된다고 사건을 덮기만 하는 장교들이다.

그런 상황에 과연 앞으로는 더 이상 그런 미친놈이 나올 리 없다고 확신할 수 있을까?

"니 후임들한테 이 꼴로 물려주고 싶냐?"

"아닙니다."

"나도 마찬가지야. 하지만 내가 모으러 다니면 아무래도 이상하잖아."

동기 생활관에 선임이 자꾸 들어가면 문제가 생길 수도 있다.

"그리고 이종칠하고 그 집단 새끼들이 나 경계하니까."

"그건 그렇습니다만⋯⋯."

"그러니까 네가 애들 좀 모아라. 증언은 나랑 몇몇이 해 줄게."

김민수는 침을 꿀꺽 삼켰다.

⚖️

얼마 후 김민수는 동기들을 모았다.

동기들뿐만 아니라 이등병들 역시 김민수에게 모여들었다.

그동안 이종칠의 범죄행위는 사람을 가리지 않고 벌어졌다.

심지어 이등병은 자대에 배치되면 일정 기간 보호 대상임에도 불구하고 그는 온갖 겁을 다 주면서 이야기를 했었다.

사람들은 군인 하면 강인하고 튼튼한 이미지를 생각하지만 그건 어디까지나 어느 정도 경험을 가진 사람들이다.

이제 들어온 지 1년도 안 된 일이등병은 사실상 대학 새내기 시절의 물도 다 빠지지 않은 애들이나 마찬가지였다.

그런 그들에게 조폭이라는 협박은 두려움 그 자체였다.

하지만 이제 상황이 바뀌었다.

"들었지? 우리가 부대를 터트리면 그 새끼와는 볼일이 없어."

쥐도 도망갈 구석을 봐 가면서 몰아간다고 했다.

그러나 군대라는 폐쇄적인 곳에 갇혀 있는 이들은 사회에서와는 다르게 도망갈 구석이 없었다.

"하지만 김 일병님, 우리가 그놈을 신고한다고 해서 뭐가 바뀌는 건 아니지 않습니까? 마음의 편지고 뭐고 안 해 본 것도 아니지 않습니까?"

이들이라고 아무것도 해 보지 않은 건 아니었다. 할 수 있는 건 다 해 봤다.

하지만 장교들은 철저하게 무시했다.

그 사실이 새어 나가면 자신들의 승진에 심각한 문제가 생긴다고 생각했기 때문이다.

"알아. 그러니까 덮지 못하는 걸로 하자는 거야. 변호사들이 달려들면 어쩔 거야?"

변호사들이 우르르 달려들어서 언론까지 끼고 공격한다면 아무리 국방부라 해도 이걸 덮을 수는 없다.

"솔직히 여기서 더러운 꼴 볼래, 아니면 다른 부대로 갈래?"

"답은 뻔하지 말입니다."

물론 부대를 폭파시킨 병사들이 다른 부대에 가면 어울리기 힘들어진다.

하지만 그래도 여기보다는 나으리라.

"그래, 그러면 하는 걸로 하자. 다 같은 거지?"

"네."

김민수는 종이를 꺼냈다.

"여기 각서 쓰자."

"각서까지요?"

"미안하지만 지금 상황에서 누구를 믿겠냐? 저 새끼한테 알랑방귀 뀌는 새끼들이 처음부터 그런 거 아니잖아."

김민수의 말에 고개를 끄덕거리는 병사들.

그들은 너도나도 이름을 쓰고 사인했다.

"그러면 소송 시작하자."

김민수는 굳은 얼굴로 말했다.

노형진은 이번 일을 법무 법인 하늘에 맡기기로 했다.

"이번 일이 뉴스에 나가면 사건이 엄청나게 폭주할 겁니다. 그러니 시작은 이거 하나지만 우리 쪽에서 이걸 기획 소송으로 바꾸도록 하죠."

노형진은 김성식에게 말했다.

김성식은 이해가 안 간다는 듯 물었다.

"기획 소송? 이걸?"

"네, 어차피 기획 소송을 할 건 많아야 하지 않습니까?"

"그건 그렇지만 이건 미친놈 한 놈 때문에 벌어진 일 아닌가? 그런데 기획 소송을 하겠다고? 이해가 안 가네만."

기획 소송은 상대방이 지속적으로 큰 잘못을 했을 때 그 증거를 모아서 하는 소송이다.

그가 봤을 때 이번 사건은 이종칠 혼자만의 범죄였다.

그런데 기획 소송이라니?

하지만 노형진의 생각은 달랐다.

"제가 부대를 해산시키려고 하는 가장 큰 이유는 기본적으

로 피해자들의 구제도 있지만 동시에 장군에 대한 피해 강요
도 있습니다."

"장군에 대한 피해 강요?"

"군대의 최고 지휘권자는 장군이지요. 그 말은, 아무리 아
래에서 지랄한다고 해도 결국 장군이 군 개혁이나 군 부조리
에 대해 적대적이라면 부하들도 따라 움직일 수밖에 없다는
겁니다."

실제로 모 장군이 부대에 부임했을 때 그는 군 내 부조리
가 발생하면 강하게 처벌했지만 동시에 장교들이 군 내 부조
리를 먼저 신고하는 경우 그에 상응하는 상을 내렸다.

그 결과 그의 부대에서 군 내 부조리가 사라지기까지 걸린
시간은 채 3개월이 안 됐다.

수십 년 동안 없어지지 않았던 게 단 3개월 만에 사라진
것이다.

"하지만 대부분의 장군들은 군 내 부조리를 방치합니다.
그래야 편하고 실적도 잘 나오거든요."

노예에게 채찍질을 하는 것처럼 극한으로 몰아붙여 결과
를 뽑아내게 한다.

"문제는 그렇게 되면 피해는 병사들이 입는다는 거죠."

군 내부에서 그렇게 병사를 갈아 넣는 분위기가 만들어지
면 폭행과 구타가 횡행하고 오로지 실적을 위해 장교들이 병
사들을 동원하기 시작한다.

그리고 그 과정에서 문제가 생겼을 경우 처벌은 장교가 아니라 그걸 행한 병사들이 받게 된다.

"그게 극에 다다르면 병사들은 탈영이나 자살을 선택하게 됩니다."

"그건 그렇지."

"문제는 그 과정에서 장군이 입는 타격은 극미하다는 겁니다."

물론 대대장급이라면, 자신의 부대에서 탈영이나 자살이 벌어지는 경우 승진에 막대한 피해가 온다.

하지만 장군급이라면?

아무런 피해도 없다고 봐도 무방하다.

사실 장군쯤 되면 병사는 사람이라기보다는 숫자로 계산하는 경우가 대부분이고, 그런 사건에 대해 현실적으로 다 자기가 관리할 수 없다는 식의 핑계도 가능하기 때문이다.

"그러니 문제가 해결될 리가 있나요."

애초에 피해가 오지 않는데 해결 의지가 생길 리 없다. 그들이 바로 그걸 해결해야 할 사람들임에도 불구하고 말이다.

"그러니 방법을 바꿔서 병사들이 아니라 장군들이 피해를 입도록 해야 합니다. 그러면 군 내부의 부조리는 쉽게 사라질 겁니다."

"그게 민사소송이고? 그것도 기획 소송?"

김성식은 고개를 끄덕거렸다.

"병사 개인의 자살이나 탈영은 장군에게 타격이 없습니다.

하지만 휘하 부대의 해산은 사실상 장군에게 치명타입니다."

어떠한 불미스러운 일로 휘하 부대가 해체되는 경우, 그 장군은 사실상 커리어가 끝장났다고 봐도 무방하다.

절대 승진은 불가능하고, 무조건 예편하는 수밖에 없다.

"그러한 민사소송을 한다는 이야기를 주요 군부대가 있는 터미널 같은 곳에 광고 하나 달아 두면 아주 효과가 좋을 겁니다. 장군들도 찔끔할 테고요."

"대한민국이 다 소송판이 되어 가는군."

김성식은 자신도 모르게 혀를 끌끌 찼다.

설마 다른 곳도 아니고 대한민국의 국방부를 대상으로 기획 소송을 하게 될 거라고는 생각도 못 했기 때문이다.

물론 전에도 소송을 안 해 본 건 아니지만 그때는 단발성이었다. 그러나 이번에는 아예 기획 소송, 그것도 언제 끝날지 모르는 기나긴 소송이다.

대한민국에 군대가 있는 한 사실상 미친놈은 계속 나올 테고 당연히 그만큼 소송은 계속될 수밖에 없으니까.

"말로 해서 안되면 답 없지요. 그리고 군대라고 그냥 두는 것도 웃기지 않습니까? 우리가 사회단체도 아닌데."

"그래, 그건 그렇지. 결국 우리도 이권 단체니까."

아무리 올바른 일을 하고 있다지만 새론은 결국 돈을 벌기 위한 집단이다.

그걸 부정하면서 자신은 올바르다고 합리화하면 그게 부

패의 시작이 된다.

"일단 전국에 있는 대부분의 군부대를 커버하려면 우리만으로는 안 됩니다. 법무 법인 하늘에 있는 변호사들뿐 아니라 로펌 출신들도 총동원해야 할 겁니다."

"그리고 그 시작은 자네가 하고?"

"기본은 만들어 놔야 하니까요. 그러니까 처음에는 간단하게 변호사 한 이백 명쯤 동원해 볼까 생각 중입니다. 후후후."

⚖

대한민국 법원. 그곳에 제출된 새로운 소장.

그 소장을 보고 국방부는 발칵 뒤집어졌다.

"이번 소송은 군 전반의 범죄와 비리에 대한 민사소송입니다. 저희 새론에서는 군 내부에서 벌어지는 범죄로 피해를 입은 사람들을 민사소송을 통해 구제할 생각입니다."

노형진의 기자회견에 기자들은 눈이 벌게졌다.

그렇잖아도 노형진이 가짜 뉴스를 쓰면 말려 죽이는 상황이라서 기삿거리가 없어서 죽을 맛이었다.

그런데 초대형 사건이 터졌다.

"이번 소송의 대상은 특정 부대의 피해 병사들이지만, 장기적으로 최근 3년 이내 제대한 피해자들이 있다면 그들의 의뢰도 받아들일 생각입니다."

"그러면 군 내부의 부조리를 다 정리하겠다는 말씀이십니까?"

"그런 생각은 안 합니다. 하지만 범죄는 범죄일 뿐이라는 거죠. 선임이 부대를 관리한다고 후임을 폭행하면 처벌받잖아요. 그렇지요?"

"그렇습니다."

"그런데 엄밀하게 말하면 그걸 관리해야 하는 건 장교이지 병사가 아닙니다. 군법상 병사들은 분대장급을 제외하고는 모두 평등합니다. 이 경우는 선임이 폭행으로 처벌받아야 하는 것뿐만 아니라, 장교 역시 직무유기 행위로 징계받아야 하는 문제입니다. 하지만 현실은 어떻지요?"

대부분의 부대에서 은폐하고, 은폐하기가 영 어려울 때에만 처벌이 이루어진다.

심지어 방송에서 장교라는 작자가 공공연하게 업무가 종료된 후에 보복하겠다고 말하기도 한다.

그만큼 군 내부의 폭력에 무디어져 있는 것이다.

"그 과정에서 그 관리 책임권을 가진 장교들의 처벌이 이루어지는 경우를, 저는 단 한 번도 못 봤습니다."

물론 인사고과에 약간의 불이익이 있지만 그건 어디까지나 업무상의 불이익이지 법적인 책임을 다하는 게 아니다.

"그게 불법이었습니까?"

심지어 군대를 다녀온 게 뻔한, 나이 좀 있는 기자들조차도 병사 간 명령 금지라는 말은 금시초문이라는 표정이었다.

하긴 대부분의 병사들은 그런 걸 모른다.

"군 내부에서 장교들이 병사를 속이는 건 이것뿐만이 아닙니다."

노형진은 그렇게 말하고는 기자들을 바라보았다.

'대부분은 병사 출신인 모양이네.'

그러니 저렇게 흥미가 동한 표정이 나오는 것이리라.

그들이 애가 타도록 살짝 시간을 보낸 노형진은 천천히 다시 입을 열었다.

"군대에는 이런 말도 있지요. 아마 한국 남자들은 다 한 번은 들어 봤을 말입니다. '할 거만 제대로 하면 나는 휴식에 관해 터치하지 않는다.' 다 아시죠?"

군대에서 행보관들이 가장 많이 하는 말 중 하나다.

"그런데 정작 해야 하는 일의 기준이 명확하지 않습니다. 즉, 말장난이죠."

군 생활을 할 때 주말에는 온갖 장구류를 말려야 하고 구두를 닦아야 하고 전투 물자를 관리해야 한다.

"그런데 엄밀하게 말하면 그러한 전투 물자의 관리는 업무의 영역에 들어갑니다. 그런데 현실은 어떻지요? 죄다 주말을 이용해서 관리하게 합니다. 총이 아니라고 해서 무조건 전투 물자가 아닌 건 아닙니다. 당연히 그러한 전투 물자는 일반 업무 중에 관리해야 하는 거 아닙니까? 그런데 사실상 주말에 업무를 시키면서 할 거 다 하면 쉬라는 게 말이나 됩니까?"

"하지만 그건 어디까지나 전통적으로……."

그때 어떤 기자의 목소리가 들려왔다. 다른 기자들과 다르게 얼굴이 붉어지는 걸 보니 아무래도 장교 출신인 것 같았다.

"전통적이라……. 저희 선배가 그러더군요. 자기가 초등학교에 다닐 때는 자비로 왁스를 사서 나무 바닥을 걸레질하게 시켰다고. 지금은 그런 일이 벌어지면 어떻게 됩니까?"

당연히 학부모가 난리가 난다.

그건 아이들의 일이 아니라 학교에서 따로 근무자를 사서해야 하는 일이다.

"그때는 학생들에게 화분 사 와라, 커튼 해 와라 온갖 말이 많았다고 하더군요. 지금은 안 됩니다. 심지어 베트남조차도 주말에는 군대에서 집으로 자유롭게 출퇴근이 가능합니다. 그런데 대한민국은요?"

"그거야……."

"여기에 남자 기자분들 중에 군 제대한 분들 계시죠? 주말에 작업하신 경험 있는 분들?"

사람들은 서로 눈치를 보더니 슬며시 손을 들었다.

사실상 아까 전 장교 편을 들어 주던 기자 말고는 전부였다.

"제초 작업하라고 주말마다 부르더라고요."

"야, 너두?"

"난 불려 가서 연병장에서 돌을 골라내라고 하던데?"

한두 명이 아니다.

사실 대부분의 사람들은 그런 경험이 있다.

"그러면 군 내부에서 종교 행사에 동원된 적 있으신 분?"

다들 손을 들었다.

제대한 사람들은 알다시피 군에는 천주교와 기독교 그리고 불교가 있다.

그러한 종교 행사의 참석은 오로지 개인의 의사에 따라야 한다.

"하지만 일부 부대에서는 병사들을 동원하지요."

특히 부대장이 특정 종교를 가지고 있는 경우에 많이 동원된다.

"흠……."

사실 생각해 보면 이상한 부분이 많다.

그렇다고 해서 그게 법을 지키는 거냐?

아니다.

분명 군령에는 병사들의 주말을 보장하도록 되어 있다.

또한 군대에서도 종교의자유를 행사할 수 있다.

"하지만 일선 부대들은 그런 군령을 대놓고 무시하지요."

자기가 믿는 종교의 행사에 사람이 없는 게 싫어서, 주말에 병사들이 쉬는 게 싫어서, 그들은 기본이라는 말을 핑계로 원래 업무를 마치 주말에 당연히 해야 하는 일처럼 꾸민다.

마치 자신이 노예를 부리는 지주라도 된 양, 노예인 병사들이 쉬는 꼴을 보면 배알이 뒤틀리는 거다.

"이번 사건의 문제는 단순한 폭력과 방치가 아닙니다. 장교로서 기본도 못하는 자들이 군 내부에서 활동하고 있다는 가장 큰 문제점이 드러난 겁니다."

전 세계에서 가장 학벌이 좋은 군대는 다름 아닌 대한민국의 군대다.

그 강하다는 미군도 병사들의 학벌은 좋지 않다.

"당연히 장교는 그들을 지휘해야 하는 만큼 더 뛰어난 능력을 가지고 있어야 하지요. 하지만 애석하게도 일부 장교들은 그럴 능력이 안 됩니다."

학벌 등의 문제가 아니라 인성이나 생각의 깊이에 대한 문제다.

"저희의 이번 계획은 간단합니다. 그러한 장교들의 퇴출. 이번 소송은 그 시작에 지나지 않습니다."

엄숙한 노형진의 말에 기자들은 웅성거리며 소란스럽게 떠들기 시작했다.

⚖️

"너무 거하게 지른 거 아닌가?"

김성식은 떨떠름하게 말했다.

처음에는 일반 병사들에 대한 소송으로 시작되었는데 최

종 목표는 군 내부의 강제적 개혁이라니.

"그래야 이번 사건이 조명되지요. 사실 이런 걸 그냥 기자 회견 하면 그냥 조그마하게 나가고 끝 아니겠습니까?"

"그건 그래."

김성식은 안다는 듯 고개를 끄덕거렸다.

사실 의외로 이런 군대 부조리 관련 기자회견은 많이 이루어진다.

그런데 대부분의 기자회견은 그냥 소리 소문 없이 묻혀 버린다.

이슈가 되느냐에 따라서도 갈리고, 또 이득이 되느냐에 따라서도 갈린다.

그리고 국방부에 관련된 기자회견의 경우는 대부분 묻혀 버린다.

"아마 지금쯤 국방부는 어떻게 해서든 덮으려고 난리를 치고 있겠지요."

국방부에서는 당장 기자들에게 전화하고 난리가 난 상황일 것이다.

이런 걸 국방부에서 막는 이유는 학습 효과 때문이다.

누군가가 효과적으로 국방부에 엿을 먹이는 상황을 만들어 낸다면? 그리고 다른 이들이 그걸 배운다면?

그들이 결사 옹위해야 하는 장군님들의 심기를 건드리는 셈이 되어 버린다.

"하지만 국방부가 아무리 노력해도 이번에는 못 막아요."

법무 법인 새론에서 국방부에 대한 사실상의 선전포고를 한 셈이다.

기자들이 미치지 않고서야 이 정도 건수를 묻어 둘 리가 없다.

더군다나 기사화하지 않는다고 해서 막을 수 있는 것도 아니다.

언제나처럼 인터넷을 통해 소식을 전하고 있으니까.

"그리고 그게 이번 부대 폭파의 핵심 중 하나죠."

쉬쉬하면서 덮어 버리는 게 국방부의 특기라지만 아무리 노력해도 이번에는 못 막는다.

"그러니 그걸 보고 많이들 올 겁니다."

노형진의 말에 옆에서 막 들어온 의뢰를 확인하던 무태식은 고개를 갸웃했다.

"그다지 많지 않은데요."

"원래 집단소송은 처음에는 그렇지 않습니까?"

처음에는 미심쩍어하며 소위 말하는 '간 보는 사람들'이 많다.

하지만 승리하고 나서는 분위기가 반전된다.

특히나 이런 애매한 사건들은 더더욱 그런 성향이 강하다.

"그러면 이제 싸우는 것만 남은 건가?"

노형진은 고개를 흔들었다.

"군대잖습니까? 우리는 이미 이겼습니다."

"뭐?"

"이번 사건은 소송을 통해 이기는 것도 계획입니다만, 사실 소송은 수년간 계속되지요."

이종칠 사건만 예시로 들면, 이종칠이 그걸 순순히 받아들일 리가 없으니 당연히 맞소송을 할 테고, 그 싸움은 그가 제대하고 나서도 계속될 것이다.

"하지만 이번에는 승리 조건이 다르지 않습니까?"

노형진은 씩 웃으며 말했다. 그리고 김성식과 무태식은 멍하니 노형진을 보다가 '아~!' 하는 소리를 냈다.

그랬다. 애초에 이 사건의 승리 조건은 소송에서의 승리가 아니라 부대의 붕괴였다.

외부 단체라면 이런 걸로 부대가 붕괴하지는 않는다.

하지만 군대라는 특성상 누군가는 책임을 져야 하고…….

"부대가 해체될 겁니다. 우리의 승리 조건은 이미 완성되었습니다."

"뭐, 이런 게 국방부에서 좋아하는 이겨 놓고 싸운다 그런 건가?"

"그런 거죠, 후후후."

⚖

이종칠은 어마어마한 숫자의 소장을 받았다.

군대라고 해서 소장이 어디 가는 게 아니다.

도리어 어디 도망갈 곳이 없는 군대라는 특성상 더욱 확실하게 본인에게 도착한다.

"이런 개새끼들을 봤나!"

이종칠은 일병들이 쓰는 막사 문을 부수듯 열고 들어갔다.

"이 씨발 새끼들아! 뒈지려고 작정했냐? 어? 나가서 담가줄까?"

노형진은 언제나처럼 이 소송을 묶어서 해결하지 않고 개별적 소송으로 넣었다.

그래서 그 소송의 건수가 무려 예순넷에 달했다.

"이 개 같은 새끼들아! 다 집합해! 오늘 같이 뒈진다, 이 개새끼들!"

이종칠은 눈이 뒤집어져서 소리를 질렀다.

하지만 그가 생각하지 못한 게 있었으니, 소장을 받은 사람이 그뿐만이 아니라는 것이었다.

"이종칠 이 개새끼야! 대체 뭐 하는 거야!"

그동안 이종칠에게 부대의 관리를 맡기고 편하게 있던 소대장과 중대장 그리고 그들을 관리해야 하는 대대장까지, 한꺼번에 소장을 받은 것이다.

당연하게도 그들은 당장 부대로 들이닥쳤다.

그리고 그들의 눈에 보인 것은 이종칠이 일병의 멱살을 잡아 올리는 장면이었다.

"소대장님, 이 새끼들이 저를 엿 먹입니다."

"너 그거 안 놔, 이 개새끼야!"

"소대장님?"

이종칠은 소대장의 말에 순간 당황했다.

평소 소대장은 이종칠에게 요즘 애새끼들 군기가 빠졌다면서 은근히 구타와 폭행을 통해 군기를 잡으라고 종용해 왔었다.

"야! 너 지금 우리가 없는 사이에 무슨 짓을 한 거야?"

"무슨 소리를 하시는 겁니까?"

소대장과 중대장이 없는 시간이 과연 얼마나 될까?

하지만 지금 소대장과 중대장은 어떻게 해서든 변명을 만들어야 했다.

중대 전체가 개판이 되었고 그걸 묵인한 게 자신들이라는 걸, 그들은 인정할 수 없었다.

"이종칠 이 개새끼!"

"저 새끼 끌어내!"

장교들은 눈이 돌아가 있었다.

하지만 이미 그들의 선택은 늦어도 한참 늦은 상황이었다.

"헌병이다!"

창밖으로 보고 있던 병사들 중 누군가가 소리를 질렀고, 잠시 후 막사 안으로 헌병들이 들어왔다.

"현 시간부로 이곳은 내가 통제한다."

중령 계급장이 달려 있는 군인 한 명이 들어오면서 소리를 질렀고, 연이어서 헌병들이 그 뒤로 도열했다.

장교들은 그걸 보고 얼굴이 사색이 되었다.

헌병대에서 장교는 일반 보병 장교보다 보통 2계급 정도 높은 취급을 받는다.

사회로 보면 검찰이 강력한 권력을 가지는 것과 같다.

즉, 중령 계급이면 일반 부대 기준으로는 준장급이라는 거다.

당연하게도 어지간한 대형 사건이 아니면 절대 움직이지 않는다.

그런데 그런 중령급이 움직였다.

"다 체포해!"

헌병의 말에 장교들은 고개를 푹 숙였다.

자신들의 모든 게 끝장났다는 걸 알아챈 것이다.

그러나 단 한 사람, 이종칠은 달랐다.

"놔! 안 놔? 이 개새끼들아! 우리 아빠가 누군지 알아! 아빠 오면 저놈들 다 담가 버릴 거야!"

마구 주먹을 휘두르면서 저항하는 이종칠.

그러나 그 저항은 오래가지 않았다.

"이런 미친 새끼가, 작작 해!"

헌병대 중령이 그대로 날아 차기를 한 것이다.

날아 차기에 맞은 이종칠은 그대로 쓰러졌고 그런 그의 위로 헌병이 덮쳤다.

"이 새끼, 넌 군 형무소행이야. 너뿐만 아니라 장교들 모두!"

중령은 눈이 돌아가 있었다.

국방부는 발칵 뒤집어졌다.

병사 출신들이 뭉쳐서 대대적으로 장교들에게 저항하는 사태는 절대 반가운 일이 아니다.

그런데 그 사태의 시발점이 저놈이라니.

"끌고 가. 그리고 행정반 압수수색해! 작은 티끌 하나까지 모조리 털어 낸다."

중령의 목소리는 온 부대를 울리고 있었다.

⚖️

"결국 부대가 해산되었다고 하더군요."

조호수는 노형진에게 나중에 가서 상황을 전했다.

"그럴 겁니다. 일이 이렇게나 커졌는데 해당 부대를 유지한다면 그건 심각한 문제거든요."

다른 것도 아니고 언론을 통해 병사들이 장교들에게 법적 싸움을 걸었다.

그래서 그만큼 이슈가 되었는데, 심지어 그 안에서 벌어진 온갖 병폐가 드러났다.

그렇다면 국방부는 그들이 선택할 수 있는 마지막 카드를 꺼낼 수밖에 없다.

"아드님은 뭐, 다른 부대에서 잘 적응하고 계시답니까?"

"뭐, 어색하지만 그럭저럭 버틸 만하다고 합니다. 아, 그리고 재미있는 이야기를 하더군요."

"재미있는 이야기?"

"주말에는 작업 금지랍니다."

"하하하."

주말에 일광소독 시키고 제초 작업 시키는 등의 업무가 금지되었다고 한다.

"군대 생기고 온전한 주말을 절대 안 챙겨 주더니 당하고 나서야 그러네요."

"그러게 말입니다. 원, 노예 취급도 아니고."

쉬면 큰일이라도 나는 줄 알고 어떻게 해서든 지치게 하는 게 군대의 운영 방식이다.

"그런데 그게 결국 자초한 거죠."

사람은 스트레스를 받으면 풀어야 한다.

그러나 그러한 주말 일과는 스트레스의 연속이지 스트레스 해소가 아니다.

운동도 좋아하는 사람에게나 스트레스가 해소되는 효과가 있지, 별로 좋아하지 않는 사람에게는 고문일 뿐이다.

'실제로 군대에서 핸드폰을 나눠 주고는 사고율이 급감했지. 그러고 보니 지금은 일부 부대에서 시범 운영 중이겠네.'

당연하다면 당연한 거다.

그동안은 병사들에게 스트레스를 풀 수 있는 수단이 없었다.

오직 통제된 환경, 통제된 훈련뿐.

하지만 핸드폰을 풀어 주면서 최소한 스트레스를 풀 수단이 생긴 것이다.

좀 독하게 말하면 애들 집합시켜서 구타할 시간에 핸드폰으로 가족들과 이야기하는 게 병사들의 심리 안정에는 백배는 더 좋다.

"뭐, 당연히 요즘 군대가 보이스카우트냐는 소리는 나올 테고요."

노형진은 그 말을 하며 허허 웃었다.

"그런데 그런 놈들은 꼭 군대에서 구타와 가혹 행위 하던 놈들이지요. 세상은 바뀌어야 합니다. 설사 그게 군대라고 할지라도 말입니다."

그러면서 노형진은 옆에 쌓여 있는 서류들을 툭툭 쳐 보였다.

전부 최근에 들어온 사건들이었다.

"그리고 그래야 저희도 먹고살지요, 후후후. 그게 다 세상 아니겠습니까?"

조호수는 쓰게 웃을 수밖에 없었다.

숨은 돈 꺼내기

공식적으로 노형진은 청와대에 조언해 주는 역할을 한다.

그리고 청와대는 언제나 여러 가지 문제로 시끄러웠다.

가장 큰 문제는 다름 아닌 경제였다.

예로부터 이런 말이 있다, 백성은 먹는 것을 하늘로 삼는다는.

시대가 바뀌었다곤 하나 표현이 경제로 바뀌었을 뿐 결국 기본은 똑같았다.

"경제를 살리기 위해서는 기업을 살려야 합니다. 대기업 위주의 정책을 짜야 합니다."

"그건 지난 50년간 지겹게 써먹지 않았습니까?"

"낙수 효과를 통해서……."

"지랄, 언제 적 낙수 효과야? 전 세계에서 경제학자들이 낙수 효과를 부정한 지 얼마나 오래됐는데!"

"중소기업 위주로 경제를 개편해야 합니다!"

"중소기업들이 얼마나 살아남는다고요! 버틸 만한 애를 밀어줘야지!"

"고용의 안정성을 높여 줘야 국민들이…….""

"무슨 소리! 각하! 고용 시장의 자율성을 높여야 합니다!"

"이자율을 낮춰서…….""

"지금 대한민국이 빚잔치하는 거 몰라? 이자율을 높여야지!"

중구난방의 의견과 고함 소리.

전문가라는 작자들이 너도나도 경제를 살린다면서 악다구니를 하고 있었지만 노형진은 혀만 끌끌 찰 뿐 거기에 끼어들지 않았다.

'뭐 하는 건지, 진짜.'

물론 저 안에도 많은 사람들이 있다.

누군가는 자신의 이권을 노리고 주장하는 거고, 또 누군가는 잘못된 정보를 가지고 주장하는 거다.

그런데 가장 큰 문제는 저들이 이야기하는 대부분의 방법은 이미 대부분의 정권에서 시도했던 거고, 또한 대부분 실패했다는 거다.

"돈을 풀어야 합니다."

"빚이 너무 많습니다. 돈을 틀어막아야 합니다!"

"시중에 돈이 돌게 하는 수밖에 없습니다!"

아주 난리법석이 벌어진 상황.

노형진은 그런 회의석상에서 한발 물러나 그들을 물끄러미 바라볼 뿐 한마디도 하지 않았다.

"어린놈의 새끼가."

그중 일부는 조용히 불만을 토해 내기도 했다.

노형진의 그런 행동이 아무리 봐도 자신들을 깔보는 것 같았으니까.

물론 노형진은 깔본다기보다는 그저 의미가 없는 행동에서 거리를 둘 뿐이었지만.

"그만! 다들 조용히 하세요! 제가 경제를 살릴 방법을 찾으라고 했지 언제 이권을 찾으라고 했습니까?"

"……."

"그리고 다른 정권에서 실패한 거 가지고 와서 들이밀면? 그거 성공할 자신 있습니까?"

박기훈은 기가 막혀서 말이 안 나왔다.

당장 박기훈의 입장에서는 저런 대부분의 방식들이 답이 없다는 걸 알고 있었기 때문이다.

"지금 2018년이에요, 2018년! 당신들이 말하는 정책은 대부분 1980년대부터 매년 나왔던 거고! 공부 안 합니까? 대체 무슨 생각으로 청와대 자문 위원 딱지를 붙이고 있는 겁니까?"

박기훈은 열혈 정치인 출신답게 상당히 말을 거칠게 했다.

이런 자리에서도 그런 그의 성격은 드러났다.

"그럴 거면 자문 위원직 반납하고 돌아가서 노후 보내세요!"

"……."

아무리 세간에서 경제학자니 전문가니 하는 소리를 들어도 결국은 대통령의 아랫사람.

대통령이 뭐라고 하자 다들 꿀 먹은 벙어리가 되었다.

그들 스스로도 이게 매년 똑같이 되풀이되는 정책이라는 건 알고 있었기 때문이다.

"그리고 노형진 위원도 마찬가지. 여기에 개싸움 구경하러 왔어요? 왜 말도 안 하고 멍하니 앉아 있습니까?"

노형진은 그런 박기훈의 말에 씨익 웃었다.

"정리되기를 기다렸습니다."

"정리?"

"제가 말한다고 해 봐야 누가 들어 주나요? 또 태클 걸면서 온갖 싸움이 벌어지지. 일단 자리가 정리가 되어야 뭐든 하지 않겠습니까?"

"너…… 지금 뭐라고 하는 거야!"

나이가 지긋한 경제학자 한 명이 발끈하려고 하다가 박기훈의 말에 찍소리도 못 하고 찌그러졌다.

"또 난장판 만들 거면 나가서 해요!"

"……."

마침내 상황이 정리된 듯하자 조금 침착해진 모습으로 박기훈이 노형진에게 시선을 돌렸다.

"그러니까 노형진 위원은 방법이 있다 이겁니까?"

"있지요. 아주 단시간 내에 확 경기를 살릴 수 있는 방법이 있습니다."

"허, 들어나 봅시다."

노형진은 주변의 사람들을 스윽 바라보았다.

"그런데…… 제가 입을 열 수는 있는데, 보안이 좀 걱정되는데요."

"뭐요?"

"우리를 뭘로 보고……!"

결국 자신들을 무시한다고 생각한 건지 여기저기에서 불만이 터져 나왔다.

그러나 노형진은 할 말이 많았다.

"여기 경제 전문가들이 많으신데, 저보다 돈 많이 버신 분?"

"……."

사실 그것만으로도 다들 할 말이 없었다.

경제라는 건 결국 돈.

그리고 돈을 많이 번다는 건 경제에 대해 잘 안다는 거다.

"저는 여기에 세 개의 직함으로 왔습니다. 변호사 노형진과 마이스터의 대변인 노형진 그리고 사업가로서의 노형진. 그리고 전 그 세 가지 모두 여기에 있는 어떤 분들보다 크게 이룩했지요. 아닌가요?"

"대통령의 총애를 받는다고 너무 설치는 거 아냐?"

누군가의 말. 그 안에는 명백한 비웃음이 깃들어 있었다.

노형진은 피식 웃었다.

'웃기고 있군.'

박기훈은 노형진을 총애하지 않는다.

사실 맨 처음 만남부터 그는 노형진을 돈을 쥐고 있는 부르주아적 성격의 적폐로 보고 있었다.

선을 안 넘어서 그냥 두고 볼 뿐이지, 선을 넘으면 바로 제재를 가하겠다고 몇 번이나 천명했다.

"여기서 총애받는 건 제가 아니라 여러분들 같은데요."

"뭐?"

"여기 자문 위원 딱지 떼고 한번 제대로 붙어 볼까요, 누가 이기나?"

좌중이 조용해지더니 바늘 하나 떨어지는 소리도 들릴 것 같은 침묵이 흘렀다.

노형진이 진짜 싸움을 하려고 든다면 자신들은 못 버틴다는 걸 알기에 누구도 더 이상 말하지 못한 것이다.

"하아~."

박기훈 대통령은 고개를 절레절레 흔들더니 사람들에게 말했다.

"다들 나가서 좀 쉬세요. 저는 노 위원과 좀 이야기해 보겠습니다."

선을 넘는 도발을 하는 노형진에게 한 소리 하겠다는 표정을 보였기에 다들 노형진을 한번 노려보고는 밖으로 나갔다.

주변이 조용해지자 박기훈이 입을 열었다.

"노 위원, 선은 넘지 맙시다. 내가 당신이 잘난 건 아는데……."

"50조."

"뭐요?"

"제 예상으로는, 제 계획대로 한다면 최소한 시중에 50조 이상의 자금이 풀릴 겁니다."

박기훈은 기가 막힌다는 표정이 되었다.

50조. 그걸 한 번에 시중에 풀다니? 그런 미친 짓이 어디 있나?

"노 위원, 혹시 인플레이션이라고 알아요? 대한민국에서 50조를 찍어서 시중에 풀면? 나라가 멀쩡할 거라고 생각하십니까? 나라 망하게 할 일 있습니까?"

박기훈 대통령의 말에 노형진은 미소를 지었다.

그 정도 예상하지 못했다면 여기에 올 리가 없다.

"각하, 제가 말하는 50조는 시중에서 뽑아내는 겁니다. 절대로 돈을 추가로 찍어내거나 하는 게 아닙니다."

"뭐요? 그게 무슨 말도 안 되는 소리요?"

"그리고 50조는 최소 수치입니다."

"하?"

박기훈은 기가 막혔다. 50조가 최소라고?

"그만큼 세금을 더 걷자는 거요? 그랬다가는 나라 경제가 망할 거요."

"각하, 전혀 아닙니다. 물론 시중의 통화 유통이 늘어나면 세금이야 더 걷히겠습니다만, 굳이 세율을 변동해 가면서 세금을 더 내라고 할 이유는 없지요."

"그러면 뭐요?"

"화폐개혁입니다."

박기훈의 얼굴이 딱딱하게 굳었다.

"지금 농담하는 거요?"

화폐개혁은 아주 위험한 행동이다.

보통 인플레이션이 심한 나라에서 이루어지는데, 그렇게 해서 성공하면 좋지만 대부분의 경우 실패한다.

이유는 여러 가지가 있지만 가장 큰 이유 중 하나는 바로 값어치의 혼란이다.

가령 현재 대한민국의 화폐단위를 100분의 1로 줄인다고 치자.

100원은 1원이 되고 1천 원은 10원이 된다.

간단해 보이지만 일단 해외시장에서 그걸 그대로 인정해 줄지도 문제다.

동시에 그 짧은 순간에 장난치는 놈들이 어마어마하게 많아진다.

기존의 1천 원짜리 라면이라면 자연스럽게 10원이 되어야 한다.

하지만 환율의 혼란 중에서 사람들의 금전적 기준은 여전히 1천 원 시대에 맞춰져 있고, 기업은 그 틈에 라면을 12원으로 올린다.

즉 정상대로라면 1,200원이라는 건데, 사람들의 금전 감각은 자연스럽게 12원은 굉장히 싸다고 인식하게 된다.

"그런 멍청한 헛소리를 할 줄은 몰랐소."

박기훈의 말에 노형진은 고개를 끄덕거렸다.

아마 대부분은 그렇게 말할 테니까.

실제로 화폐개혁을 하는 나라들은 모두 막장 끝에 최후의 수단으로 선택하는 거다.

그렇게 통제가 심한 북한조차도 화폐개혁에 실패해서 관련자들을 모조리 처형하지 않았던가?

화폐개혁은 쉽게 생각할 수 있는 일이 아니었다.

"물론 값어치가 혼란을 야기한다면 그렇겠지요. 하지만 단순 디자인 변경이라면 어떻겠습니까?"

"단순 디자인 변경?"

"그렇습니다. 현재 우리나라의 화폐는 10원, 100원, 500원 그리고 천 원, 만 원, 5만 원으로 되어 있지요. 그중 만 원과 5만 원의 디자인을 변경하는 겁니다. 금전적 가치가 바뀌는 것이 아니라 단순 디자인 변경이니 사람들이 혼란을 일으킬 이유는 없지요."

박기훈은 어이가 없다는 표정이 되었다.

"그럴 거면 왜 화폐를 개혁하는 거요, 의미가 없는데?"

"각하, 우리나라의 5만 원권 발행량을 아십니까?"

"현재 200조쯤 된다고 알고 있소."

"그러면 현재 5만 원권의 유통량은 아십니까?"

"음…… 그건 잘…….”

노형진은 그 부분에서 혀를 끌끌 찼다.

'이런 거부터 알려 줘야 할 거 아냐?'

본질은 알려 주지 않고 눈만 가리고 아웅 하니 경제가 나아질 리가 없다.

그리고 부하들은 그 아래에서 자신들의 배를 채우고 말이다.

대통령이 아무리 개혁 성향이면 뭐 하나, 그 아래에 있는 놈들이 썩어 빠졌는데.

"각하, 우리나라 5만 원권의 유통량은 대략 100조입니다."

"뭐요?"

노형진의 말에 박기훈은 말도 안 된다는 얼굴로 되물었다.

"100조? 고작 100조라고?"

"그렇습니다. 대략 50% 정도는 잠들어 있는 돈이지요."

"으음…… 아니, 5만 원권이 그 정도인 줄은 몰랐는데…….
물론 비축성 자산이라고 해서 쌓아 둔다고는 들었지만."

"누가 그럽니까?"

"재경부 장관이 그러더군."

"자르세요."

"뭐요?"

"지금 각하의 지갑에 얼마 있으십니까?"

뭔 소리인가 하는 표정으로 바라보던 박기훈은 지갑을 열어서 내부를 확인했다.

"22만 원 있군."

"제 지갑에는 15만 원 있네요."

"그게 뭐요?"

"각하, 대한민국은 카드 결제가 안 되는 곳이 거의 없습니다."

신용카드든 체크카드든, 대부분의 장소는 카드 결제가 된다.

심지어 고의로 카드 결제를 거절하거나 하면 법률적 처벌 대상이 된다.

"카드 결제가 안 되는 곳들은 길거리 포장마차 정도일 겁니다."

심지어 편의점 같은 곳은 500원짜리 껌을 하나 사도 카드 결제가 된다.

"빚지기 싫으면 그냥 체크카드를 쓰면 되는 겁니다."

체크카드는 은행에 있는 잔고에서 돈이 빠져나간다.

"그게 무슨 의미인지 아십니까? 현금성 자산인 지폐를 가지고 다닐 이유가 없다는 소리입니다. 제 주변에서 지갑에 10만 원 이상 넣고 다니는 사람 거의 못 봤습니다."

"음?"

박기훈은 아차 싶었다.

자신도 생각해 보면 대통령이 되기 전까지는 그렇게 돈을 들고 다니는 일이 없었다.

"그런데 그걸 쌓아 둔다고요? 왜 쌓아 둬야 합니까? 지갑만 두꺼워지고, 쓰기는 힘들고, 도둑질당할 가능성도 있는데."

그에 반해 은행에 넣어 두면 보관도 편하고 이자도 나오고 털릴 가능성도 없다.

은행이 망하는 것?

그럴 가능성이 낮은 데다가, 설사 망한다고 해도 법적으로 한 은행당 5천만 원까지 정부에서 보호해 준다.

"한국에 은행이 몇 개인지 아십니까?"

기본적으로 제2 금융권까지 포함하면 수십 개다.

즉, 망하는 걸 걱정할 정도로 돈이 많은 사람이라면 제1 금융권으로만 분산해 5천만 원씩 넣어 둬도 수십억은 보관이 가능하며, 제2 금융권까지 생각하면 100억 가까이 보관이 가능하다는 소리다.

"물론 보관성 자산인 만큼 어느 정도 쥐고 싶은 사람도 있 겠지요. 하지만 그건 말 그대로 비상용입니다. 카드사가 갑 자기 점검을 하거나 하는 경우를 대비해서요."

하지만 그런 경우도 많아 봐야 50만 원선이나 될까?

"100조입니다. 대한민국 인구를 5천만이라고 보면 한 사 람당 200만 원을 집에 5만 원권으로 보관하고 있는 거지요.

물론 다 그렇게 쥐고 있을 수는 없으니까 딱 노동 가능한 사람만 쥐고 있다고 계산하지요. 아주 넉넉하게 잡아서 50%의 국민이 노동이 가능하다고 가정해 보겠습니다. 그러면 한 사람당 400만 원을 5만 원권으로 쥐고 있다는 계산이 나옵니다. 그리고 4인 가족을 기준으로 부모 두 명이 노동한다고 하면 800만 원이 됩니다. 그런데 여기서 모두가 돈을 쌓아 두고 살 정도로 부유하지는 않으니, 돈을 쌓아 두지 못하는 가난한 계층을 절반으로 잡아서 제외하고 계산하죠. 이러면 한 집당 1,600만 원 정도를 5만 원권으로 쌓아 두고 있는 거네요."

노형진은 그렇게 말하면서 코웃음을 쳤다.

"각하, 각하는 한국에서 저축은행들이 어떻게 영업이 가능한지 아십니까?"

은행이라는 건 기본적으로 외부의 신탁자금으로 운영해야 한다.

만일 내부의 돈만으로 대출해 주면 그건 은행이 아니라 대부업체다.

"사람들이 안전한 제1 금융권을 두고 제2 금융권에 돈을 넣어 두는 이유는 간단합니다. 이자를 더 받으려는 거죠."

기껏해야 1% 정도 더 주는 이자다.

5천만 원을 넣어 둔다고 해도 1년 내내 보관해 봐야 50만 원 더 받는 거다.

"1년에 단돈 50만 원의 이자 때문에 위험한 제2 금융권에 저축하는 서민들이, 집에 수천만 원을 현금으로 보관한다는 게 이해가 가십니까?"

"끄응."

"현금으로 보관한다고요? 왜요? 은행에 넣어 두면 이자가 나오는데 왜 위험하게 자기 집 금고에 잔뜩 쌓아 둘까요?"

"그렇군."

뻔하다.

은행에 예치한 것은 정부에 보고되어야 한다. 그래야 정부에서도 자금의 흐름을 볼 수 있으니까.

그들은 자신의 자산 상황이 알려지는 게 싫은 것이다.

"사라진 돈 100조, 그중 최소 50조는 더러운 돈으로 소비되었다고 보면 됩니다. 최소한 말이지요."

물론 100조 모두 더러운 돈일 수는 없다.

노형진이 지갑에서 꺼낸 것처럼 각자의 지갑에 들어 있는 돈도 있을 테고, 일부 비상금으로 현금을 쥐고 있는 사람들도 있을 것이다.

"하지만 그런 걸 감안해도 최소 50조 이상은 사라진 거죠."

더군다나 애초에 은행에서는 그걸 감안해서 총 지폐 발행량 200조 중에서 100조가 사라졌다고 한 거니 사실은 100조의 자금이 어디론가 사라진 셈이다.

"이게 현실입니다. 대한민국의 자금 중 최소 50조, 어쩌면

100조 이상의 자금이 사라졌는데 경기가 나아질 리가 없지요. 더군다나 제가 말씀드린 건 오로지 5만 원권에만 해당됩니다. 만 원권은 아예 감안하지도 않은 거지요."

만 원권까지 생각한다면 아마 기본이 100조가 될 것이다.

"정상적으로 은행에 들어가지 못하는 돈이 과연 합당하고 깨끗하게 번 돈일까요?"

당연히 아니다.

뇌물, 탈세, 갈취, 범죄로 인한 은닉 재산 등등일 것이다.

"그걸 시중으로 강제로 꺼내면 경제를 살리기 싫어도 살리게 될 겁니다."

"그 방법이 화폐개혁이다?"

"화폐개혁보다는 디자인 변경이라는 게 맞겠지요. 다만 시간에 제한이 있는 디자인 변경."

노형진의 계획은 이랬다.

일단 기습적으로 5만 원권과 만 원권의 디자인을 변경한다.

천 원권 같은 경우는 워낙 가치가 낮아서 현금성 은닉 자산으로 취급받지 않으니 굳이 바꿀 이유가 없다.

그 후에 모든 지폐의 교체가 은행을 통해 이루어지게 한다.

그것도 현금으로 바꿔 주는 건 1인당 100만 원까지만이며, 그 이상의 자금은 교환 후 본인 명의의 계좌에 입금하는 형태로 돌려준다.

당연히 현금이 필요한 사람은 그 돈을 꺼내면 그만이다.

자기 계좌니까.

그리고 그런 경우는 개인당 최대 천만 원까지만 허용하며, 그 이상 바꾸기 위해서는 그 돈의 명확한 출처를 금융기관에 제출해야 한다.

그리고 그렇게 제출한 기록은 정부에서 확인한다.

"천만 원이라……. 너무 적은 거 아닌가?"

"현금으로 천만 원 이상 가지고 있는 국민이 얼마나 될 것 같습니까? 사업을 한다고요? 요즘은 사업 자금 다 계좌로 주고받습니다. 월급도 계좌로 주는데 현금을 가지고 있을 이유가 없지요."

당연히 대부분의 국민들은 그 정도 돈이 있으면 안전하게 은행에 넣어 두지, 현금으로 쥐고 있지는 않는다.

"더군다나 그게 끝이 아니지 않습니까? 돈을 어디서 구했는지 증명할 수만 있다면 무한대로 교체가 가능합니다."

문제는 이 증명이다.

정상적인 경우라면 당연히 그걸 증명하는 데 문제가 없다.

"그렇군."

그러나 비정상적인 자금이라면 당연히 증명을 못 하게 될 것이다.

"그리고 그렇게 되면 부패한 놈들의 힘이 빠지게 될 겁니다."

"돈이 사라지니까 그렇게 되겠군."

"돈만의 문제가 아니죠."

"돈만의 문제가 아니다?"

"그렇습니다."

현행법상 차명 계좌는 인정되지 않는다.

그래서 그렇게 부패한 자금을 자꾸 현금으로 쌓아 두는 거다.

"만일 부하를 통해 천만 원을 바꿨다면 그 돈은 누구의 돈일까요?"

"누구 돈인데?"

"판례에 따르면 그 부하의 돈입니다."

차명은 인정되지 않기에 일단 계좌로 입금된 돈은 그 사람의 소유다.

"사람도 잃는다 이거군."

"물론 그 돈을 그대로 빼서 현금으로 돌려주는 사람도 있겠지요. 하지만 그 정도의 자금 흐름이 과연 눈에 안 보일까요?"

1인당 1천만 원의 교환 한도.

감춰 둔 돈이 10억이라면, 총 백 명의 사람들을 통해 갈아치워야 한다.

그런데 과연 그렇게 믿을 만한 사람이 주변에 백 명씩 있을까?

당연히 주변에서 알음알음 모집해서 바꿔야 하는데, 그중 한 명만 욕심을 부려도 상황이 달라진다.

"대리 교환 시 신고 포상금으로 천만 원을 걸죠."

그러면 포상금 천만 원 그리고 교환한 돈 천만 원으로, 총

2천만 원의 수익이 난다.

그에 반해 몰래 천만 원을 빼돌려서 준다면?

"기껏해야 100만 원 정도 받을까요? 그마저도 많이 주는 걸 테고요."

아마도 몇십 만 원 받고 퉁 치는 셈이 될 게 뻔하다.

"무서워서 교체를 못 하겠군."

"맞습니다. 그리고 구권의 사용 기한을 정해 두는 거죠."

그리고 그 이후에는 구권의 유통 금지를 해 버리면 어떻게 될까?

"그게 가능한가?"

"물론 힘들기는 할 겁니다. 현행 한국은행법상에는 특별한 사유가 없으면 구권을 신권으로 바꿔 주도록 되어 있거든요."

아무리 오래된 권종이라도 대한민국 법률상 대한민국에서 발행한 게 맞다면 교환은 해 줘야 한다.

"그러면 의미가 없지 않나?"

디자인을 바꿔서 신권을 발행한다고 해도, 10년이 지난 구권도 쓸 수 있다면 그건 명백하게 문제가 된다.

"그러니 법을 바꿔야지요."

"법을 바꿔?"

"민주수호당이 다수당 아닙니까? 분명 과반수입니다만."

즉, 법을 바꾸려고 한다면 못 바꿀 건 없다는 거다.

"그걸 바꿔서 최장 1년까지 시한을 둬야지요."

그리고 그 1년 후 구권의 사용을 금지해 버리면 그 돈을 현금으로 쥐고 있던 놈들은 발등에 불이 떨어지게 된다.

"그런데 그게 쉽겠나? 솔직히 말하세. 그렇게 현금 쥐고 있던 놈들 중에 국회의원이 없겠나? 민주수호당? 결국 정치 집단이고 이권 집단이야. 내 비록 당적이 민주수호당이라지만 말일세. 현실적으로 거기도 돈 받아 처먹은 놈들 천지라는 거야."

노형진은 순순히 고개를 끄덕거렸다.

"그렇지요. 법을 바꾸는 게 쉽지는 않을 겁니다. 하지만 그게 상관있나요?"

"무슨 말인가?"

"각하께서는 경제를 살리기를 원하셨지요. 안 그런가요?"

"그렇지."

"그런데 그 법안이 통과되지 않을 거라고 확신하십니까?"

"음?"

박기훈은 잠깐 생각에 빠졌다.

과연 이 법을 통과시킬 수 있을까?

구권의 교환 기간을 정한다는 건 확실히 애매한 문제다.

홍보만 제대로 한다면 국민들은 분명 제한을 바랄 것이다.

국민들의 대다수는 5만 원권이 어딘가에 뇌물로 들어가 있다는 걸 안다.

실제로 5만 원권이 생겼을 때 가장 압도적인 여론은 정치

인들이 뇌물받기 편하게 하려고 만드는 거라는 자조 섞인 생
각이었다.

"모르겠네."

단순히 국회의원만 생각하면 그렇다.

하지만 현실적으로 본다면 불확실한 게 너무 많다.

일단 국회의원들의 질이 너무 많이 달라졌다.

노형진이 외부에 고발 단체를 만든 후에는 국회의원들의
사소한 범죄도 판매되었는데, 지난 선거 때 그게 한꺼번에
터져 나가면서 나가떨어진 국회의원이 한두 명이 아니었다.

"더군다나 정책 현상금도 있지요."

적당한 현상금을 건다면 돈이 없는 초선이나 재선 의원들
은 그런 교환에 동의할지도 모른다.

물론 비밀리에 뇌물을 받아 쌓아 둔 다선 의원들은 결사반
대를 외치겠지만 말이다.

"일단 모든 건 불확실합니다. 그러면 사람들의 반응은 뻔
하죠."

어떻게 될지 모르니 써 버리자는 것.

해외로 반출하는 것은 불가능하다.

외환법상 감시도 심하고, 수억이나 되는 돈이 반출되는데
그걸 못 알아챌 리가 없다.

"우리 목적은 진짜 그 법을 바꿔서 나라를 깨끗하게 한다
는 게 아닙니다. 물론 그게 되면 좋지요. 하지만 안 된다고

해도, 불안한 사람은 그 돈을 어떻게 해서든 쓰게 됩니다."

"아…… 그렇군."

박지훈이 물어본 건 나라의 부패 정치인을 몰아낼 방법이 아니었다. 경제를 살리자는 거였지.

불안에 휩싸인 자들이 숨어 있는 돈의 10%인 10조만 쓴다고 해도 나라의 경제는 확 살아난다.

"얼마 전 일본이 비자금을 한국의 연예계를 통해 세탁하려고 한 적이 있지요? 한국이라고 별반 다르겠습니까?"

"강제로 쓰거나 꺼내도록 만든다 이거군."

"맞습니다. 그리고 그걸 반대하는 정치인들을 제대로 홍보해 주는 거죠."

물론 그 홍보는 뇌물이나 기타 의심스러운 행동에 대한 것이 될 테고, 다음 선거에서 낙선 가능성이 높아진다.

"정승 집 개가 죽으면 조문하러 가도 정승이 죽으면 조문하러 가지 않는 게 사람입니다."

정치인일 때는 물고 빨고 바닥을 기겠지만, 그들이 정치인이 아닌 일반인이 된 후에는 그의 비리를 조사하는 데 하등 문제가 없다.

"재미있군, 하하하."

박기훈은 헛웃음이 나왔다.

당연히 돈을 가진 놈들은 어떻게 해서든 신권으로 바꾸려고 난리를 치겠지만 그러기에는 한계가 있다.

그리고 그렇게 바뀐 돈은 자연스럽게 시장에 재편입된다.

"그리고 그런 사치품에 대해 보고하도록 시스템을 만들어 놓는 거죠. 지금은 사치품 구입에 대한 보고가 없어서 문제가 되는 겁니다."

개인 매출 천만 원 이상 현금으로 지급하는 경우 정부에 보고하도록 하는 것이다.

카드야 어차피 기록이 남으니 보는 데에 문제가 없지만 현금으로 사는 것은 부정한 돈인 경우가 많다.

그냥 현금으로 살 거라면 체크카드로 사면 그만이니까.

"성격 좋은 놈들은 부하들에게 퍼 주겠지만 나쁜 놈들은 뭐, 현금으로 마구 써 댈 겁니다. 천만 원 이하에서 말이지요."

"자연스럽게 현금이 시중에 퍼지겠군."

사치품을 산다고 해도 그 돈은 그 사치품을 판 사람이 시중에 쓰게 된다.

월급을 주거나 하는 식으로 말이다.

"다만 해외 자금의 유출에 대해서는 감시를 철저하게 하면 되지요. 그리고 금이나 보석 등 현금성 자산으로 바꿀 수 있는 물건에 대한 감시를 강화하고요."

한국에서 교환이 안 된다면 당연히 그 돈을 일단 달러로 바꾼 후 다시 원화로 바꾸려고 하는 놈들이 있을 것이다.

그런 부분만 예방할 수 있다면 아마 돈을 감춰 둔 사람들은 똥줄이 바짝바짝 탈 것이다.

"그리고 그러한 방식은 아무래도 경제에 대한 타격이 없을 수밖에 없지요."

화폐의 디자인이 바뀌는 것뿐 화폐의 가치가 바뀌는 건 아니라서 해외에서는 딱히 가치의 변동이 없다.

게다가 원화는 국제통화가 아니기 때문에 그리 많은 양이 해외에 나가 있지 않다.

그리고 해외에 나가 있는 대부분은 국가에서 환전용으로 가지고 있는 것이기 때문에 해당 국가에서 바꿔 달라고 하면 바꿔 주면 그만이다.

어차피 국가 사이에서 속임수를 쓴다고 볼 수는 없으니까.

"오로지 부패한 사람들만을 위한 함정인 셈이군."

"맞습니다."

부패한 놈들은 적게는 수십억, 많게는 수백억씩 만 원권과 5만 원권을 쌓아 두고는 세금 한 푼 안 내고 탈세한다.

하지만 디자인 변경 후 구권의 사용 제한을 걸어 버리면 그들의 돈은 말 그대로 휴지 조각이 된다.

"그렇게 증발된 돈만큼 우리가 신권을 찍어서 다시 시중에 유통시킨다면 당연히 그 돈은 국가 유통 자산으로 편입 됩니다."

"흠……."

노형진에게 화를 내려고 했던 박기훈은 한참을 고민했다.

물론 그 안에도 여러 가지 문제점은 있다.

보안의 문제나 디자인의 문제 같은 것 말이다.

하지만 성공만 한다면 감춰진 수십조 원의 자산을 실물경제 시장에 내놓을 수 있으니 침체된 경제는 확실히 살아날 것이다.

"누군가 그랬지요. 돈이 없는 게 아니라 도둑놈이 많은 거라고. 그 사람이 좀 특이한 사람이기는 하지만 최소한 그 사람이 한 그 말만은 정답입니다."

"그건 그렇더군."

당장 정부 예산만 해도 그렇다.

뭔가의 부흥책을 세운다고 하면 일단 건물부터 짓는다.

부흥 예산이 200억인데 건물을 짓는 데 150억이 들어가고 인건비로 20억 들어가서, 실질적인 투입 비용은 30억이 되어버린다.

왜 건물부터 짓느냐?

당연히 그래야 빼돌릴 수 있는 돈이 많아지기 때문이다.

그런데 웃긴 건 그렇게 건물을 짓는다고 부흥이 되진 않는다는 것이다.

가령 예술을 부흥시킨답시고 150억을 들여서 미술관을 지었다고 치자.

그럼 그 미술관에 손님이 많이 올까?

애석하게도 예술은 상대적으로 어느 정도 여유가 있는 사람들이 누리는 문화에 속한다.

돈이 없다고 못 누리는 건 아니지만 삶이 팍팍할수록 사람들은 문화생활이 아니라 생존에 더 신경 쓰게 된다.

그렇다면 그렇게 올린 건물을 예술가들을 위해 공짜로 열어 주냐?

그것도 아니다. 그들은 당연히 대관료를 받아 가면서 열어 주는데, 그거 낼 돈이 있는 예술가라면 국가 지원이 필요 없다.

"대한민국의 행정이 그딴 식이죠, 뭐."

노형진은 어깨를 으쓱하며 말했다.

"일단 그렇게 빼돌린 돈만 현물시장에 꺼내면 경기가 많이 좋아질 겁니다."

"확실히 좋은 생각이야. 실질적으로 국민들에게 갈 수 있는 피해도 전무하고 말이야."

천만 원이 넘는 돈을 현금으로 쥐고 있다고 해도 그게 당당하게 자기가 번 돈이라면 문제 될 게 없으니까.

"그런데 이걸 왜 아까 이야기하지 않은 건가? 다른 위원들과 이야기해서 더 좋은 방법을 찾을 수 있었을 텐데."

"다른 자문 위원들 말입니까? 그 사람들을, 각하가 직접 뽑으신 겁니까?"

"당연히 아니지. 여러 사람들의 추천을 받아서…… 끄응, 그렇구먼."

자문 위원들은 여러 사람들, 즉 장관들이나 청와대에서 일하는 사람들의 추천을 받아서 선정한 사람들이다.

결국 그들도 박기훈의 눈을 가리는 정치인들과 밀접한 관계를 가지고 있다는 소리다.

과연 정치인들이 본인과 아무런 관련도 없는 사람을 오로지 믿음과 실력으로만 추천해 줬을까?

"좋게 말하면 자문 위원이지만 나쁘게 말하면 그들 역시 간세입니다. 핵 잠수함 사건을 잊지 마십시오."

핵 잠수함 사건.

대한민국에서 비밀리에 핵 잠수함을 개발하려고 한 적이 있었다.

기존의 디젤 잠수함은 항행 시간도 짧고 소음 문제도 있기에 대한민국의 국방력을 올리기 위해 개발하려고 했는데, 그걸 기사화하면서 대한민국이 핵 잠수함을 만들면 나라가 망한다고 설레발 친 게 친일파 성향의 신문이었고 그 신문에 정보를 흘린 게 친일파 성향의 자문 위원이었다.

분명 국가 기밀 누설이었지만 그를 추천해 줬던 친일파 성향 정치인들의 강력한 항의로 처벌조차 못 했다.

"결국 자문 위원들도 그들을 추천해 준 정치인들도, 이권이 우선입니다. 그렇게 쉽게 사람을 믿을 수는 없지요."

노형진의 말에 박기훈은 헛웃음이 나왔다.

개혁하고자 하는 의지는 강한데 정작 그걸 도와줄 사람이 없다니.

"그러면 어떻게 이걸 진행하라는 건가? 아주 극비리에 한다고 해도 그중에서 누가 배신자인 줄 알고?"

노형진은 씩 웃으며 말했다.

"그들을 모아 주시죠. 제가 해결하겠습니다."

"자네가 해결한다고?"

"그렇습니다."

"무슨 수로? 설득이라도 하려고 하나?"

"설득요? 왜요? 이럴 때는 설득할 필요가 없지요."

"그러면?"

"저는 협박할 겁니다. 아주 화끈하게요."

박기훈은 입을 쩍 벌렸다.

⚖

그렇게 시간이 지나고, 박기훈은 누구도 모르게 그 준비를
해 왔다.

자신이 진짜 믿을 만한 사람만을 통해 알음알음 실무자들
과 책임자들을 선정하고 그들의 뒷조사까지 하고 나서야 모
든 이들을 비밀리에 한곳으로 모았다.

"반갑습니다, 여러분."

물론 그들을 모아 두고 몰래 일한다는 건 불가능하다.

하지만 잠깐 한곳에 모이라고 하는 건 가능하다.

일단 국가 기밀 관련이라고 하면 누구에게도 말하지 않으
니까.

물론 돌아가서 말할 수는 있겠지만 노형진은 그렇게 되지 않을 거라는 걸 확실하게 알고 있었다.

　"여러분들은 지금부터 화폐개혁의 핵심 인원들이 될 것입니다."

　"뭐요?"

　"화폐개혁?"

　"아니, 이게 뭔 개 같은 소리야?"

　다들 눈이 커지고 손이 바들바들 떨렸다.

　화폐개혁에는 어마어마한 부담이 따르기 때문이다.

　"정확하게는 화폐의 디자인 변경입니다."

　노형진은 차분하게 박기훈과 이야기했던 계획을 사람들에게 설명했다.

　일부는 공감이 가는 듯 고개를 끄덕거렸고, 다른 일부는 말도 안 된다고 항의했다. 또 일부는 말은 안 하지만 묘하게 눈치를 보고 있었다.

　'항의하거나 눈치 보는 사람들은 분명 나가면 어디론가 전화하겠지.'

　그리고 감춰진 재산을 빨리 현물화하라고 할 테고, 그에 대한 대가를 두둑하게 챙길 것이다.

　물론 그건 어디까지나 노형진이 없을 때의 이야기다.

　"일단 여기서 이 말부터 해야겠네요. 지금 들은 말을 외부에 누출한다면 국가 기밀누설죄로 처벌받습니다."

물론 이건 그들도 다 아는 이야기다.

하지만 그래도 전화하는 놈은 전화한다.

잠깐 감옥에 갔다 오면 수십억이 생길 테니까.

운이 좋으면 집행유예로 풀려날 수도 있다. 그들의 힘을 빌린다면 말이다.

"물론 그건 최소한의 처벌이고, 아마 자살하셔야 할 겁니다."

"뭐요?"

"자살? 협박하는 거요!"

"네, 협박하는 겁니다. 누설한 사람을 찾아서 그뿐만 아니라 그 형제자매, 사돈, 자식까지 인생을 박살 낼 거거든요."

좌중에 흐르는 침묵. 그리고 당혹감.

"뭐, 다 아시겠지만 저는 마이스터의 대리인입니다. 사람한 명을 사회적으로 말살하는 건 어려운 일이 아니죠."

"그런 협박을 한다고 우리가 굴할 것 같소?"

"굴하다니요? 무슨 말씀을 하시는 겁니까? 저는 법을 지켜 달라는 겁니다. 국가 기밀을 보호해 달라는 거구요. 그런데 굴하지 않겠다니, 꼭 국가 기밀을 누설하겠다고 하는 것처럼 들리네요?"

순간 욱했던 남자의 표정이 묘하게 변했다.

하지만 이미 선은 넘었고 노형진은 발동이 걸려 있었다.

"어디 보자, 한국조폐공사 규진사 부장님이시네. 일단 은행에 전화해서 대출 회수하라고 하고…… 오? 와이프분이

커피숍 하시네요? 건물을 사서 쫓아내 드리죠. 아? 아드님
이 대롱에 다니시네요? 회장님한테는 이따가 전화드리겠습
니다. 아 참, 조만간 회사에서 감사 팀이 찾아갈 테니까 각오
하고 계시고요."

그는 무릎을 꿇고 빌기 시작했다.

"제가 말을 잘못했습니다. 제발…… 제발 살려 주세요."

"싫은데요?"

"다시는 입을 나불거리지 않겠습니다. 제발……."

"뭐, 모르고 그러신 것 같으니 이번만은 봐드리지요."

노형진은 아주 재미있다는 듯 웃으며 말했지만 모여 있는
사람들은 웃을 수가 없었다.

지금 눈앞에서 어떻게 사람의 인생을 박살 내려고 했는지
차분하게 설명한 거니까.

"제가 원하는 건 단 하나입니다. 이 국가 기밀 사업을 하
는 데 있어서 필요한 철저한 보안. 여러분들이 가장 기본적
으로 지켜야 하는 거죠."

"……."

"물론 어떤 분은 협박으로 신고하실지도 모르겠네요. 그
런데 대한민국에서 협박으로는 기껏해야 벌금 나오는 거 아
시죠? 그리고 소문을 들으셨는지 모르겠는데, 대한민국 검
찰이랑 법원 작살낸 것도 저입니다."

즉, 이제 와서 신고한다고 해서 노형진이 실형을 받을 가

능성은 크지 않다는 거다.

일단 노형진 자체가 워낙 거물이라 실형을 내렸다가는 자신도 다칠 상황인 데다가, 옛날처럼 눈 돌아가서 대한민국 경제 박살 내겠다고 총동원하면 누구한테 소리 소문 없이 죽어도 이상할 게 없는 일이니까.

"물론 신고하신 분의 인생은 끝나실 테고요. 뻔하게 아시는 분들이 대한민국 경찰의 제보자 보호 시스템을 믿지는 않으시지요? 여러분들 중 누군가는 여기서 나가서 전화해서 기물을 누설하고 돈 좀 받고 싶은 분들도 계실 텐데, 경찰에 과연 그런 사람이 없을까요? 더군다나 제가 요구하는 건 불법도 아니고 범죄를 저지르지 말고 국가 기밀을 지켜 달라는 겁니다. 과연 재판부에서 저한테 어떤 처벌을 내릴까요?"

좌중에는 공포감이 돌았다.

확실히 그랬다.

협박으로 신고한다고 해서 노형진이 처벌받을 가능성은 크지 않다.

하지만 그 순간 자신과 일가족의 인생은 박살이 난다.

"물론 비밀을 알려 주지 않았다고 부패한 놈들이 화를 낼수는 있겠지요. 하지만 그런 경우는 저한테 말씀하세요. 안전을 위해서라도 대신 보복해 드리겠습니다."

채찍 다음에는 당근.

협박은 했지만, 동시에 억울한 일이 생기면 보호해 주겠다고 하자 일부는 반색했다.

사실 돈보다는 상대방의 위협이 두려워서 정보를 주는 경우도 있었으니까.

하지만 다른 사람도 아닌 노형진이 보호해 준다고 하면 대한민국에서는 누구도 건드리지 못한다.

"그러면 우리는 뭘 해야 합니까?"

"간단합니다. 새로운 지폐를 유통하기 위한 준비를 해 주셔야 합니다."

"그런데 그런 예산은 배정받기 힘들 텐데요."

돈을 찍어 내는 데에도 돈이 필요하다.

문제는 그 돈이 적지 않을 거라는 거다.

"정부에서 예산을 몰래 주지는 않을 테고, 애초에 몰래 줄 정도의 예산으로는 턱도 없습니다."

"압니다. 그건 마이스터에서 무이자 대출 형식으로 예산을 드릴 겁니다."

어차피 마이스터는 모든 자산이 은행에 들어가 있다.

그러니 그걸 새로 만든 돈으로 다시 입금해 주면 그만이다.

"하지만 법률상……."

"무슨 말을 하려고 하는지 압니다. 현행법상 통화의 가치 기한 아닙니까?"

"그렇지요."

"그건 국회에서 처리할 예정입니다."

"그런데 애초에 통화의 교환도 무조건 해야 합니다만?"

노형진은 고개를 흔들었다.

"무조건은 아닙니다."

"그게 무슨 말씀이십니까?"

"법률상 여건이 되는 한에서 바꿔야 한다고 되어 있지요. 실제로 디자인 교체가 벌어졌을 당시에 은행들은 개인당 교체 수량을 한정해서 뿌렸습니다."

그럴 수밖에 없는 게, 수십 년 동안 뿌려진 화폐의 양은 어마어마하다.

매년 수명이 다한 지폐를 회수해서 폐기한다고 해도 그건 극히 일부일 수밖에 없다.

"당연히 생산량이 소비량을 따라갈 수는 없지요."

"아! 그러면?"

"네, 우리 쪽에서 생산량을 조절할 겁니다."

신권의 생산량이 부족하다면 법에서 정한 '가능한'이라는 규정상 그 교체량은 한정될 수밖에 없다.

"즉, 돈을 가지고 있는 사람은 좋든 싫든 돈을 계좌에 넣어야 한다는 걸 의미하지요."

그 돈이 국민들이 쓰지 않는다고 해서 효과를 발휘하지 않는 건 아니다.

은행에 입금되면 그 돈으로 대출이 발생하니, 결국 사회에 그만큼 가치가 더 풀리는 셈이니까.

"하지만 그들이 바보도 아니고 그걸 용납할 리가 없는데요."

다른 건 다 좋은데 구권의 사용 금지는 아무래도 예민한 문제일 수밖에 없다.

"아마 대부분은 어떻게 해서든 버텨 보려고 할 겁니다."

"금이나 기타 귀금속의 거래에 대해서도 이미 추적 준비 중입니다."

"단순히 그런 귀금속에 대한 문제가 아니라요, 돈을 쥐고 쓰지 않을 거라는 거죠."

부자들이 돈을 얼마나 쥐고 있는지 사람들은 잘 모른다.

가장 유명한 사건이 돈 침대 사건이다.

아파트 방 하나에 돈을 가득 쌓아 둔 것이 발견된 적이 있었다.

그 당시가 벌써 수십 년 전으로, 5만 원권이 없었던 시기였다.

그럼에도 불구하고 그 금액이 무려 90억에 달했다.

당연하게도 회사 대표였던 사람이 횡령한 것이었다.

그 돈은 나중에 회사로 돌아갔다지만 횡령했던 회장은 결국 벌금, 그마저도 집행유예로 끝나 버렸다.

"그런 식으로 돈 쌓아 두고 몰래 빼돌리는 게 한두 건이 아닙니다. 그런데 그렇게 구권을 없애는 걸 가만히 두고 볼까요? 솔직히 저도 그 방법은 좋다고 생각합니다만."

주기적으로 디자인을 바꾸고 구권의 사용을 막는다면 현

금을 쌓아 두는 범죄는 사실상 막을 내릴 수밖에 없다.

특히나 사기꾼들은 그렇게 현금으로 쌓아 두고 있다가 출소한 후에 떵떵거리면서 살기에, 그걸 막을 수 있다면 사기에도 많은 영향을 줄 것이다.

문제는 그걸 국회의원들이 허락하지 않을 거라는 거다.

"현실적으로 말씀드리면 그들이 허락할 가능성은 전혀 없어요."

"그러니까 사회적인 이슈를 만들어야지요."

"사회적 이슈요?"

"네, 사회적 이슈 말입니다."

노형진은 씩 웃으며 말했다.

"이참에 제대로 한번 역사를 털어 보는 것도 나쁘지 않을 겁니다."

"역사?"

"그건 두고 보시면 됩니다. 중요한 건 여러분들이 모든 준비를 끝내 두셔야 한다는 거죠."

최소한 새로운 디자인은 만들어 놔야 빠르게 일을 진행할 수 있을 테니까.

"그리고 나머지는 제가 알아서 할 겁니다, 후후후."

노형진은 이미 노리는 사람이 있었다.

역사의 검은돈

　역사상 가장 많은 검은돈을 쥐고 있던 사람이 누군지는 알
수 없다.

　하지만 역사상 가장 말이 많은 사람은 한 명 있다.

　"전환우 전 대통령. 역사에 선을 그은 사람이지. 알아?"

　"나도 알아. 아무리 그래도 그 정도는 알거든?"

　오광훈은 어이가 없다는 듯 말했다.

　"전환우를 모르면 그게 인간이냐?"

　"아네."

　전환우 대통령은 쿠데타로 집권한 후에 무소불위의 권력
을 휘둘렀다.

　광주 대학살을 일으킨 장본인이며, 사람들이 상상도 못 할 정도의 비자금을 감춰 둔 사람이기도 하다.

그는 법원에서 자신의 전 재산은 28만 원이라며 뻔뻔하게 버텼지만 지금도 여전히 골프를 치고 최고급 술을 마시며 여기저기 여행을 간다.

전 재산 28만 원치고는 너무 잘사는 것이다.

그는 수십 년간 단 한 푼의 돈도 내지 않고 큰 집에서 떵떵거리면서 돈을 쓰며 살고 있다.

"그게 참 웃긴 거란 말이지."

대한민국에서 벌금을 못 내면 데려다가 가둬 두고 노역을 시키고 세금을 못 내면 집이고 뭐고 다 압류한다.

그런데 전환우는 여전히 넓고 큰 집에서 떵떵거리면서 살고 있다.

그게 가능한 이유는 단 하나. 그게 다 남의 명의라서 그런 거다.

"공식적으로 전환우는 재산이 하나도 없지."

집도 남의 명의, 차도 남의 명의, 심지어 집에 있는 모든 세간살이도 남의 명의다.

"그게 가능할 거라고 생각해?"

오광훈은 코웃음을 쳤다.

"가능할 리가."

전환우가 대통령인 시기는 아주 오래전이고 그 추종자들은 대부분 정계 은퇴를 한 상황이다.

물론 아예 없는 것은 아니지만 그들이 내부에서 가지는 위상은 터무니없이 낮다.

더군다나 전환우는 전직 대통령으로서의 모든 권한을 박탈당했다.

실제로 전환우가 저질렀던 광주 대학살은 역사에서도 인정하고 있는 범죄행위다.

물론 여전히 정신 못 차린 일부 사람들이 없는 것은 아니지만 그들은 아주 극소수다.

"그런데 전환우가 하는 말은 그거지. 이거 다 내 지지자가 내준 거다."

이는 지금까지 강제 추징을 막은 변명이며, 실제로 그런 경우에는 추징하지 못하기에 정부는 몇 년 동안 그냥 구경만 해야 했다.

"그런데 생각해 보니까 이해가 안 가더라구."

그에게 남은 지지 세력은 얼마 안 된다.

더군다나 지지 세력이 아무리 있다고 한들 전환우가 쓰는 돈이 한두 푼이 아니다.

전환우가 쓰는 돈만 매년 수십억이다.

그 수치는 틀릴 수가 없다.

전환우는 전직 대통령으로서 다른 권리는 다 박탈당했지만 경호만은 지원받는데, 그건 그를 보호하기 위해서가 아니라 어찌 되었건 전직 대통령이 납치되면 국가 기밀이 새어 나갈 수 있는 가능성도 있기 때문에 정부도 어쩔 수 없이 지원을 해 준 것이다.

게다가 그건 어디까지나 공식적인 지원이기에 밀접 경호를 하는 사람은 전환우가 따로 고용해서 쓴다.

국가의 공무원인 경찰 같은 존재는 그에게 부담이 되기 때문이다.

더군다나 그의 아들딸 역시 돈을 펑펑 쓰는데, 무려 매년 수십억씩 쓴다.

문제는 그 돈 역시 그들이 어디서 번 건지 증명하지 않았다는 것.

"아무리 그래도 재판부가 바보는 아니거든."

이런 경우 현행법상 자식도 돈을 빼돌릴 가능성이 있기에 수익이 어디에서 나는지 증명하지 못하면 압류할 수 있다.

그럼에도 불구하고 그들은 그걸 남이 준 돈이라는 식으로 변명하면서 매번 벗어난다.

"그래서 그걸 현금으로 빼돌려 놨을 거다 이거야?"

"아마도."

이미 정부에서는 전환우의 국내 계좌, 차명 계좌 그리고 해외 계좌까지 싹 털어 냈다.

그런데 돈은 어디에도 없었다.

그럼에도 불구하고 전환우와 그의 자식들은 돈을 펑펑 쓴다.

"그러면 답이 나오는 거지."

어딘가에 돈을 감춰 두고 몰래 꺼내서 쓰고 있는 거다.

후원자가 돈을 주는 게 아니라 '후원자라고 불리는 부하'가 돈을 꺼내서 주는 것이다.

"이해가 안 가네? 나 같으면 그거 싹 털어서 내가 쓰겠다."

"상대방은 전환우야, 군대를 동원해서 광주에서 국민들을 학살한 인간이라고. 참 잘도 참고 넘어가겠다."

"아하!"

돈을 한 곳에 감춰 둔 것도 아닐 테니 그곳 중 하나를 털어 내 버리면 킬러를 보내서 죽이는 건 일도 아닐 것이다.

"부하 입장에서는 그 안에서 조금씩 꺼내는 게 쏠쏠할 테고."

차라리 안전하고 오래가는 일인 만큼 필요한 만큼 꺼내다가 주는 게 안전할 것이다.

전환우의 성격상 그러면서 조금씩 빼돌리는 건 모른 척해 줄 테니까.

그런 미끼도 없으면 누구도 그런 심부름을 하지 않으려고 할 테니 말이다.

"그러니 나랑 같이 전환우의 비자금을 털자."

"완전 영웅 되겠는데?"

"완전 영웅 되겠지."

전환우 입장에서는 억울해서 미칠 노릇이겠지만 노형진이 그런 것까지 신경 쓸 이유는 없다.

"얼마나 감춰 놨는지는 모르지만 아마 적지 않을 거야."

더군다나 그가 한창때 감춘 돈인 만큼 대부분은 구권일 게 뻔하다.

"그러면 법적인 정당성에 대해서는 아주 합당한 이유가 되지."

광주에서 벌어진 대학살은 감추고 싶다고 해서 감춰지는 그런 범죄가 아니다.

"스위스 계좌나 기타 계좌는 안 털어 본 거야?"

"안 털어 봤겠어? 이미 다 털었지."

각 정권이 들어오면서 전환우가 속했던 정당을 제외하고는 한 번씩은 전환우를 털었다.

시대가 바뀌었고 수기로 작성하던 은행 자료는 모두 다 전산화되었기에 털기는 더 쉬웠다.

그럼에도 불구하고 단돈 10원도 나오지 않았다.

"그건 상식적으로 말이 안 되거든."

수많은 차명 계좌로 돌려 놨다고 해도 하나쯤은 걸렸어야 하며, 비밀 계좌의 대명사였던 스위스 계좌는 그 비밀주의를 포기했다.

즉, 전환우와 그 일가의 씀씀이를 보면 최소 수천억은 어딘가에 감춰 놨어야 하는데 나오는 게 없는 것이다.

"그런데 현금이라면 추적이 불가능하지."

누군가를 시켜서 꺼내 오는 거라면 그건 추적이 불가능하다.

그렇다고 정부에서 관련자들을 모두 수색할 수는 없는 노릇.

"그리고 법률상 한국에서 만들어진 통화는 시기와 상관없이 그 가치가 인정되니까."

80년대에 만들어진 만 원짜리는 지금도 만 원이다.

물론 수집가들 사이에서 조금은 더 줄 수도 있지만, 은행으로 가지고 가면 무조건 만 원 신권이 된다.

주기적으로 꺼내서 환전한다면 은행에서는 바꿔 주어야 한다.

"더군다나 은행에서는 그런 돈의 출처 같은 건 안 물어보거든."

그리고 딱히 기사화시키거나 정부에 제보할 일도 없다.

그냥 구권이 들어오면 신권으로 바꿔 주는 것뿐이다.

"추적도 힘들다 이거네."

"그렇지."

오광훈의 말에 노형진은 고개를 끄덕거렸다.

"그리고 그 실적은 네가 쌓아야 하고."

전환우의 숨겨진 돈을 찾을 수 있다면 검사로서 최고의 실적이 될 수 있다.

그 돈은 단순히 추징금만의 문제가 아니다.

대한민국 역사의 피가 묻어 있는 돈이며, 국민들을 죽이고 빼앗은 돈이다.

"그리고 너는 법에 대한 기본적인 홍보를 하는 거고?"

"정답."

법이 제대로 정착되면 범죄자들은 자연스럽게 돈을 쌓아

두거나 하지는 못하게 된다.

물론 다른 물건들, 즉 금은 구입이 가능하겠지만 현실적으로 대한민국에 금이 그렇게 많은 것도 아니고 일정 이상의 금괴 등을 구입하는 경우 정부에 통지되도록 되어 있다.

물론 시중 금은방에서 돌 반지 같은 걸 사서 쌓아 둘 수는 있겠지만 그러한 상품은 기본적으로 세공비가 들어가 있기 때문에 금괴에 비해 비용이 더 나가는 데다가, 그 대금으로 치른 돈은 결국 시장에 도는 거라 상대적으로 현금을 쌓아 두는 범죄자들에 비해 경제에 끼치는 해악이 덜하다.

"그러면 누구를 먼저 추적해?"

"추적할 대상을 확정하는 건 어렵지 않아. 그러니 그 전에 한번 찔러보자고."

노형진은 전환우의 반응이 어떨지 참 궁금했다.

☗

전환우. 대한민국의 반역자이자 전 대통령.

그는 권력을 잡기 위해 쿠데타를 일으켰고, 거기에 저항하는 국민들에게 실탄 발사를 명령했다는 의심을 받고 있다.

'오질나게 넓네.'

전환우의 추징금은 2천억이 넘는다.

그러나 그는 수십 년 동안 추징금을 내지 않았고, 여전히

1천억이 넘는 돈이 쌓여 있었다.

'그리고 이놈이 가진 힘은 생각보다 강하지.'

추징금을 강제로 거둬 내기 위해서는 당연히 그의 재산 내역을 확인해야 한다.

그런데 대한민국의 법원은 수년간 그의 재산 내역 확인을 막고 있다.

20년 전에 재산을 확인했다는 이유로 말이다.

상식적으로 말이 안 된다.

'그리고 그 힘은 돈에서 나온다.'

아무리 그가 한때 정치계의 거두였다지만 이제는 나이 먹은 노인네일 뿐이다.

심지어 그를 지지하는 정치인들도 그가 옳다고 생각해서 그러는 게 아니다.

그가 자기네 당의 전신이었던 당 소속이고, 그를 부정하면 자기네들도 부정당한다고 생각해서 지지하는 거다.

'거참, 웃기다니까, 대한민국.'

대한민국은 이런 부분이 있다.

개인과 집단을 동일시한다.

전환우는 전환우고 정당은 정당이다.

노형진이 마이스터의 대리인이자 실질적으로 마이스터의 주인이지만, 현재의 마이스터를 마음대로 할 수 있는 건 아니다.

마이스터는 외부에서도 많은 투자금이 들어왔기 때문이다.

그런데 대한민국에서는 개인이 집단이 되고 그 개인에 대한 충성이 집단에 대한 충성이 되어 버린다.

'뭐, 그것도 오래는 못 가겠지만.'

노형진은 전환우의 비서의 안내를 받으면서 안으로 들어갔다.

'전 재산 28만 원 가진 사람이 개인 비서라……. 하.'

그러나 티를 내지 않고 들어가자 전환우가 소파에 기대앉아 있었다.

"그래, 노형진이라고?"

"노형진 변호사입니다."

"그래, 어째서 나를 보자고 했나?"

전환후는 궁금하다는 듯 물었다.

'이미 나에 대해 알아봤겠지.'

사실 노형진은 전환우를 만나러 올 이유가 없다. 돈이 없는 것도 아니고 정치적 선택을 부탁할 이유도 없으니까.

그렇다고 경제적인 토론이나 부탁을 할 이유도 없다.

노형진의 뒤에 있는 마이스터라는 강력한 힘은 전환우가 감춰 둔 돈과는 비교도 못 할 만큼 강력하다.

'뭐, 우호적일 필요는 없지.'

노형진은 씩 하고 웃었다.

보통은 우호적인 관계로 기억을 읽으려고 하지만 전환우

에게는 그럴 필요가 없다.

어차피 척져야 하는 상황이고.

"별거 아닙니다. 국민 중 한 사람으로서 빨리 추징금을 내라고 말씀드리러 왔습니다."

"하? 이런 미친놈을 보았나?"

"뭐, 미쳤다고 볼 수도 있지요. 하지만 제가 아니면 누가 만나서 이야기하겠습니까? 안 그런가요?"

"이놈 끌어내."

전환우는 더 이상 듣고 싶지 않은 눈치였다.

그의 가벼운 손짓 하나에 우르르 들어오는 경호원들.

'저 사람에게 공식적으로 돈을 주는 사람은 전환우가 아니지.'

노형진은 자신을 흉흉하게 노려보는 경호원들을 보면서 손을 들어서 말렸다.

"저를 끌어내시려고요?"

"더 이상 들을 것도 없어. 끌어내."

"그래요? 이 집이 누구 거더라?"

노형진은 씩 하고 웃었다.

"뭐?"

"그분한테 적당한 돈을 주면 팔지 않을까요?"

전환우의 얼굴이 딱딱하게 굳었다.

'그래, 그렇겠지.'

공식적으로 이 집은 지지자가 전환우에게 살라고 내준 공간이다.

그런데 웃긴 건 이 집의 가치다.

대지 600평, 건평 120평의, 서울에 위치한 초호화 주택.

시가로 따지면 못해도 160억이 넘는 공간을 단순히 지지하는 정치인이라는 이유로 살게 해 준다고?

'개소리.'

물론 그런 사람이 있을 수도 있다.

하지만 정작 그 사람은 32평 아파트에서 산다.

물론 그곳도 가격이 싼 곳은 아니지만 비교 대상이 될 수가 없다.

"그러고 보니 차도 남의 명의군요."

"그래서 어쩔 건데?"

하지만 전환우는 눈도 깜짝하지 않았다.

지난 수십 년간 얼마나 많은 사람들이 와서 협박하고 겁을 줬는지 모른다.

하지만 누구도 자신을 무너트리지 못했다.

"대통령도 못한 걸 네놈이 하려고? 재주껏 해 봐, 재주껏."

노형진은 자리에서 일어났다.

"안 그래도 재주껏 할 겁니다. 아마 많이 후회하실 테지만요, 후후후."

그리고 씩 하고 웃었다.

"일단 가장 의심스러운 놈은 이놈이야."

박헌규. 현재 박헌규국방연구소라는 사설 연구소를 운영하는 놈이다.

공식적으로 전환우 시대에 군 기무사 대령이었고 전환우의 쿠데타를 도와준 세력 중 한 명이었다.

"공식적으로 전환우의 차량은 그가 사 준 것으로 되어 있어."

"수입 차를?"

"그래."

"이런 후줄근한 연구소를 운영하면서?"

연구소는 서울도 아니고 뜬금없이 경기도 양평에 있었다.

딱히 군사와 관련이 없는 곳이기도 하고, 그런 놈이 뭐라고 한다고 해서 대한민국의 국방 정책이 바뀌는 것도 아니다.

심지어 박헌규는 대한민국 국방력 증강에 대해 극도로 부정적인 자다.

공식적으로 그는 해군과 공군의 증강에 반대하고 미사일 사거리 연장에도 반대한다고 발표하기도 했다.

"아니, 그 새끼는 왜 그래?"

"뭐, 이권 때문이지."

"이권?"

"대한민국은 비정상적으로 군이 육군에 밀집되어 있거든."

육군은 한국이, 해군과 공군은 일본이 담당한다는 미군의 전략에 따라 대한민국은 오랫동안 육군이 군의 주력을 담당해 왔다.

"하지만 시대가 바뀌었잖아."

과거의 그러한 전략에서 벗어나 대한민국군은 육군과 해군의 비중을 늘리기 시작했고, 당연히 군 내부의 권력이 움직였다.

과거에 육군이 꽉 잡고 있던 권력 구도가 조금씩 변하면서 육군 출신 장성들의 권력 싸움이 벌어져, 자연스럽게 해군과 공군의 전력 약화를 요구하기 시작한 것이다.

"그리고 쿠데타라는 게 아무래도 육군이 저지를 수밖에 없는 일이니까."

즉, 쿠데타 세력의 일부였던 박헌규는 그런 입장을 대변하는 입 중 하나라는 거다.

"연구소 같은 소리 하고 자빠졌네, 진짜. 이럴 때 쓰는 단어 하나 따로 만들어야 한다니까."

연구소라고 하면 보통 공신력이 있는 곳처럼 느껴진다.

하지만 이런 곳에서 하는 연구가 무슨 공신력이 있겠는가?

저들의 연구에 따르면 대한민국의 군사력은 북한에 나흘 이내에 무너지는 수준인데 말이다.

진짜로 그렇다는 게 아니라, 그런 거짓말로 예산을 늘리고 그만큼 이권을 차지하려는 것이다.

실제로 전 대통령 중 한 명에게 국방부가 내놓은 보고서가 전쟁 발발 시 닷새 이내에 서울이 무너진다는 내용이었는데, 그걸 본 그 당시 대통령이 그 많은 돈을 쓰고도 이렇게 무너진다는 건 장군들에게 문제가 있는 거 아니냐며 책임지고 사표를 내라고 하자 바로 다음 보고서의 내용이 전쟁 발발 시 닷새 이내 평양의 탈환이 가능하다는 것으로 바뀐 적이 있다.

　"일단 중요한 건 그게 아니야. 중요한 건 저놈이 전환우의 심부름꾼이라는 거지."

　전환우가 바보도 아니고, 숨겨진 현금에 접근할 수 있는 방법을 아무에게나 알려 줄 리가 없다.

　돈에 접근할 수 있는 사람은 극소수일 테고, 그 돈의 일부를 그들이 쓰게 해 줄 것이다.

　그 대신 마치 그들이 전환우에게 베푸는 것처럼 꾸며서 평생을 놀고먹을 생각이었을 것이다.

　"그런데 말이야, 넌 왜 저놈이라고 생각하는 거야?"

　"직업이 없거든."

　"응?"

　"돈을 지급하는 다른 놈들은 그래도 나름 직업이라는 게 있어."

　공장을 운영하거나 학원을 가지고 있거나 하다못해 작은 건물이라도 가지고 있어 자신들의 생계를 유지할 수 있는 수단이 있다.

"하지만 박헌규는 아니지."

"연구소를 운영하잖아."

"그래, 연구소를 운영하지. 그런데 그 연구소에 돈이 될 게 뭐가 있는데?"

중요한 건 직업의 존부가 아니라 돈이 들어올 수 있는 구멍이다.

"연구소에 이름을 올리고 있는 사람은 총 여섯 명이야."

박헌규와 그의 아들, 박헌규와 비슷한 처지의 세 명 그리고 경리를 봐주는 것으로 보이는 여직원 한 명.

"한 사람당 월급으로 300만 원씩만 쓴다고 해도 한 달에 1,500만 원이야."

거기다가 저 건물도 박헌규 소유가 아니다.

번화가도 아니기는 하지만 양평의 5층짜리 건물의 한 개 층을 쓰고 있으니 그래도 한 달에 못해도 150만 원은 줘야 할 거다.

"그리고 저거 보여?"

노형진은 눈짓으로 외부에 있는 주차장을 가리켰다.

"수입 차들이네?"

"월 300만 원으로 수입 차를 굴릴 수 있겠어?"

"흠, 그 말은 박헌규국방연구소가 전환우의 심부름센터라 이거지?"

박헌규와 그 아들, 경리를 빼고 나면 남는 사람은 세 명.

그 세 명의 공통점은 국가 반역 당시 동료였다는 거다.

얼핏 보면 그들이 나와서 손잡고 자리를 잡은 것처럼 보이지만…….

"내가 봐선 저들은 전환우의 돈을 관리하는 놈들이야."

"세 명이 다 필요하다고?"

"그럴 수밖에 없지. 아무리 그래도 구권을 바꿀 때 한 사람당 수천만 원씩 들고 갈 수는 없잖아."

아무리 법적으로 교환이 보장되어 있다지만 그렇다고 해서 수천만 원의 구권을, 그것도 80년대 유통되던 돈을 가지고 가면 이상하게 생각할 게 뻔하다.

"그러니 각자 나눠서 각 은행에서 바꾸겠지. 거기다가 교환은 은행의 각 지점에서 가능하거든."

"아하!"

그러면 티도 많이 나지 않을 것이다.

한 명이 다섯 개 은행의 열 개 지점에서 100만 원씩만 교환해도 5,000만 원.

그리고 그걸 세 명이 한다면 티도 나지 않게 1억 5천만 원을 바꿀 수 있다.

"그리고 저들도 부하가 있을 테고 말이야."

그렇다면 더더욱 티가 안 날 것이다.

전국을 돌아다니면서 환전만 한다고 하면 매달 수억에서 수십억을 환전할 수 있다.

"하지만 저들이 그렇게 움직일까?"

오광훈은 주차되어 있는 차들을 보면서 물었다.

상식적으로 그런 돈이 한꺼번에 필요하지는 않을 테니까.

"아마 상당한 금액은 이미 환전해 놨을 거야. 닥쳐서 환전하려고 하면 티가 날 테니까. 문제는 그 돈을 가지러 가게 만들어야 한다는 건데……."

"무슨 수로?"

노형진은 오광훈의 어깨를 탁탁 쳤다.

"네 덕분에 방법이 있지, 후후후."

"나 때문에?"

"그래. 너랑 나랑 해결한 사건이 바로 방법이야."

"그런 게 한두 개냐?"

"전환우와 관련된 사건이야."

"전환우와 관련된 사건이라……."

오광훈은 잠깐 곰곰이 생각하다가 씩 하고 웃었다.

"삼청교육대?"

"빙고. 아직 삼청교육대 민사소송 안 했거든, 후후후."

⚖

삼청교육대. 전환우가 만든 감금 교육 시설.

공식적으로는 범죄자 갱생이 목적이었지만 사실상 할당제

로 운영되었으며, 정권에 위협이 되거나 반기를 드는 사람들을 처벌할 목적으로 사용된 곳.

물론 삼청교육대는 이미 특별법이 만들어졌고 그에 따른 손해배상이 어느 정도는 이루어졌다.

하지만 노형진과 오광훈은 그러한 삼청교육대 사건을 추적해서 그 당시에 은폐된 수많은 살인 사건과 기타 사건들을 발견했고, 그 과정에서 새로운 피해 유가족들이 나타났다.

–전환우에 대한 삼청교육대 사건 민사소송은 저희 새론에서 진행하도록 하겠습니다. 삼청교육대는 권력자의 욕심으로 이루어진 불법적이고 비민주적인 행동의 결과물이었습니다. 그마저도 수십 년간 은폐되어 있었으나 지난 사건에서 삼청교육대의 감추어진 진실이 알려지면서 기존에 드러나지 않았던 수많은 피해자들이 더 있었음을 알게 되었습니다.

죽은 피해자들은 유전자 검사를 통해서, 살아 있는 피해자들은 당시 그곳에 있던 사람들과 병사들의 증언을 통해 조금씩 그 존재가 드러났고, 몇몇 교육대는 일부 병사들이 몰래 명단을 가지고 있었던 것으로 드러냈다.

내놓고 싶었지만 보복이 두려워서 내놓지 못한 사람이 있었던 것.

-그래서 저희는 이 모든 일의 원흉인 전환우에게 그 책임을 묻고자 합니다. 또한 저희는 역사의 준엄한 심판을 위해 그들과 함께하는 모든 사람들을 심판대에 세우고자 합니다. 지금 전환우는 지지 세력이라는 자들이 제공해 준 자금으로 크고 넓은 집에서 온갖 사치를 다 부리면서 살고 있습니다. 그러한 행위는 명백하게 증여에 해당되고, 그러한 증여의 대상에는 전환우뿐만 아니라 일가족도 포함되며, 그 금액 역시 매년 수십억대라는 사실을 모두가 알고 있습니다. 그럼에도 불구하고 대한민국 정부는 그 자금의 증여세에 대해 어떠한 언급도 없습니다. 그렇기에 저희는 수십 년 동안 전환우에게 제공된 증여 행위에 대해 대한민국 정부에서 증여세를 물리도록 고발할 예정입니다.

삼청교육대를 만든 전환우를 대상으로 피해자들을 모아서 소송을 진행한 새론.

그러나 그걸 김성식이 발표하는 순간 노형진과 오광훈은 그곳이 아닌 박헌규의 연구소에 있었다.

약간 떨어진 곳에서 자리 잡고 그 연구소를 보고 있자니 좀 지나서 갑자기 차량들이 달려오고 거기에서 일하는 세 사람이 우르르 나타났다.

"이 시간에 나타나다니. 급하긴 한 모양이네."

"일단 돈을 확인해야 할 테니까."

노형진의 계획은 간단했다.

일단 삼청교육대 피해자들을 모아서 전환우를 상대로 소송을 하는 것.

그리고 자칭 지지자들이 주는 증여세에 대해 물어뜯는 것.

"전환우야 애초에 신경도 안 쓰겠지."

어차피 공식적으로 전환우는 신경 쓸 일이 없다.

전 재산 28만 원이라고 입버릇처럼 말하고 다니니까.

민사소송을 한다고 해서 그가 돈을 내놓을 리는 없다.

"하지만 증여세는 전혀 다른 문제거든."

증여세는 돈을 주는 사람과 돈을 내는 사람 모두에게 해당된다.

즉, 전환우가 증여세를 내지 않는다면 돈을 준 사람들이 내야 하는 것이다.

"이걸로 확실해졌네."

박헌규국방연구소는 전환우의 심부름센터라는 것.

"그런데 그 증여라는 게 성립되는 거야? 단순히 빌려준 거 아냐?"

"단순히 빌려주는 걸 넘어선다면 성립되지."

가령 전환우가 사는 130억짜리 집을 공짜로 임대해 주는 상황이라면?

이를 월세로 환산한다면 매달 얼마나 될까?

그리고 그 월세는 실질적으로 집을 넘겨준 사람이 포기하는 수익인 만큼, 결과적으로 집 자체는 증여가 안 되지만 그 수익에 대한 것은 증여로 볼 수 있다.

"그건 차량도 마찬가지야."

아마도 저들은 지금 최소 수십억의 증여세를 내야 하는 상황에 처했을 테니 그걸 해결하고자 저러는 것이다.

"지금까지 증여세에 대해 국세청에서 아무런 말도 안 했다는 거야, 그럼?"

"안 했다기보다는 모른 척한 거지."

국세청에서 이런 식의 증여를 모를 리가 없다.

수십 년 동안 전환우가 해 온 거짓말이 있으니 말이다.

"전환우를 따르는 지지 세력이 위에서 커트한 거지. 하지만 우리가 이걸 공론화시킨 거고."

그들이 대부분 힘을 잃었다지만 그래도 공론화되지 않은 건수를 은폐하는 정도는 할 수 있다.

하지만 공론화되고 국민들이 다 안 상태에서는 그들도 막는 것이 불가능하다.

"그래야 저들이 모일 테니."

지금의 그들에게 중요한 것은 돈을 꺼내는 일일 것이다.

"우리는 그저 따라가기만 하면 되는 거고."

다만 언제 움직일지는 모르기에 여기서 계속 죽치고 있는 수밖에 없었다.

"일단 혹시 모르니까 추적 장치를 붙여 놓자."

노형진은 그렇게 말하면서 차에서 내려 그들의 차로 다가

갔다.

그리고 슬쩍 아래쪽에 추적 장치를 붙여 뒀다.

다행히 새벽이라 사람도 없었고, 그들도 회의하느라고 정신이 없는 건지 나오지 않았다.

노형진은 세 대의 차량에 모두 추적 장치를 붙이고는 멀어지면서 신호를 보냈다.

각자의 차량이 어디로 갈지 모르기에 미리 구성해 둔 추적대에 추적 장치를 붙였다는 신호를 보낸 것이다.

"일단은 기다리자고."

이후 차에 들어와서 의자를 젖히며 말했다.

"내가 먼저 잔다."

"아니, 내가 검사지 수사관이야?"

"그래서 싫어? 이거 엄청 큰 건인데."

"끄응…… 알았다, 알았어."

오광훈은 툴툴거리면서도 차에서 시선을 떼지는 않았다.

⚖

"야…… 야…….."

"으음…….."

"일어나."

노형진은 자신을 흔들어 깨우는 오광훈의 말에 정신이 번

쩍 들었다.

"내려왔다."

"몇 시야?"

"지금 새벽 4시."

서로 번갈아 가면서 자고 있었는데 갑자기 내려온 세 사람.

그들은 다행히 한 차량에 함께 타고는 빠져나가기 시작했다.

"어디 가는 걸까?"

"모르지. 일단 따라가 봐야지."

노형진은 시동을 걸고 멀찌감치 떨어져서 따라가기 시작했고 노형진의 뒤로 두 대의 추적대 차량이 따라붙었다.

"집으로 가는 건 확실히 아니네."

그랬다면 각자 자신의 차량에 올라탔을 테니까.

그들은 새벽길을 달려서 사람들이 없는 곳으로 계속 나아갔다.

그러나 얼마 지나지 않아서 노형진은 당혹스러운 표정이 될 수밖에 없었다.

"군사 보호구역?"

군사 보호구역. 군에서 지정하는 일종의 군사 지역이다.

물론 군에서 지정한다고 해서 그 안에 사는 사람들을 다 쫓아내거나 하지는 않는다.

하지만 현실적으로 군에서 관리하기 때문에 그 지역을 개발하거나 건물을 짓는 등의 행위가 극도로 힘들어진다.

군의 허가를 받아야 하기 때문이다.

"이 새끼들, 머리 썼네."

노형진은 혀를 끌끌 찼다.

"왜?"

"군사 보호구역은 어떻게 보면 그린벨트보다 더 심하게 개발이 불가능하거든."

일단 그린벨트는 정부의 시책에 따라 풀릴 수도 있지만 군사 보호구역은 그게 안 된다.

정부에서 풀고 싶다고 해도 국방부에서 거절하면 그만이다.

"그리고 대한민국에서 가장 보수적인 곳이 바로 군대야."

당연히 군대는 군사 보호구역을 풀어 달라고 하면 거의 100% 반대한다.

그에 상응하는 이권을 준다면 몰라도, 그렇지 않다면 무조건 반대하는 게 국방부다.

"당연히 거기는 개발이 힘들지. 아니, 거의 불가능하다고 봐야 하지."

즉, 그곳은 아무도 터치하지 않을 가능성이 높다는 거다.

"더군다나 그런 곳은 시간이 지나면 자연스럽게 인구가 줄어들 수밖에 없거든."

재개발을 할 수도 없고 뭐 하나 건물을 올리기도 복잡하다.

그리고 군사 보호구역의 특징은 주로 군 주변이라는 점이기 때문에 지리적으로도 살기 좋은 곳은 아니다.

당연히 사람들은 점점 살던 곳을 떠나고, 그렇게 떠난 자리에 누군가 들어오지는 않는다.

"무슨 소리인지 알겠다."

"그래."

생각해 보면 여기만큼 뭔가를 감춰 두기 좋은 곳도 없다.

군대가 이전하기 전에는 절대 풀릴 리가 없고, 군대의 이전이 결정된다고 해도 실제 이전까지는 몇 년이 걸린다.

또한 이전 이후에도 그 지역의 군사 보호구역 해제는 또 몇 년이 걸린다.

즉, 갑자기 변하게 될 일이 없으니 거기다가 뭔가를 감춰 둔다면 비상시에 옮기기에 충분한 시간을 벌 수 있다는 거다.

당장 그린벨트는 해제되는 순간 미친 듯이 개발된다는 점을 생각하면 군사 보호구역은 훨씬 안전하다.

"차를 세우는데?"

갑자기 차를 세우고 산속으로 들어가는 세 사람.

노형진은 그들이 돌아오다가 혹시 발견할까 봐 으슥한 곳에 차를 세우고 천천히 그들을 따라 들어갔다.

"한 팀은 차량을 지키시고 한 팀만 따라오세요."

그렇게 한참을 따라갔다.

따라가는 것은 어렵지 않았다.

의외로 그들이 가는 길은 소로가 나 있었으니까.

'제법 자주 왔다 갔다 했다는 거군.'

물론 소로라고 해서 사람들이 다니는 그런 길은 아니다.

주변보다는 낙엽이 조금 덜 쌓인 정도다.

하지만 그 자체로도 사람이 제법 다녔다는 걸 알 수 있었다.

걸으면서 자연스럽게 낙엽을 발로 걷어 냈다는 거니까.

그렇게 얼마나 올라갔을까?

사람이 아예 없는 산속에 들어가자 보인 것은 뜬금없는 공간이었다.

"아니, 여기에 군인이 왜 없어? 군사 보호구역이라면서? 저런 새끼들을 잡아야 할 거 아냐!"

헉헉거리면서 따라온 오광훈은 짜증을 부리듯 말했다.

"군사 보호구역이라고 다 지키는 거 아니야. 일종의 주변을 경계하기 위한 공간이라고."

당연히 군인들이 모든 곳에 초소를 세워 가면서 지키지는 않는다.

군사 보호구역은 경계지 개념에 가까우니까.

"그나저나 동굴이라……. 그런데 동굴치고는 이상한데?"

분명 동굴이다.

노형진은 망원경을 꺼내서 그들이 들어간 굴을 바라보았다.

"뭐가?"

"너 여기까지 오면서 바위 봤냐?"

"응? 아니, 못 봤는데."

"그래, 그래서 이상하다는 거야."

토질이라는 건 갑자기 확확 바뀌지 않는다.

주변이 죄다 흙인데 뜬금없이 저런 바위 동굴이 있는 건 말도 안 된다.

"최소한 바위가 좀 굴러다녀야 아, 바위 동굴이 있겠구나 하지. 숨어!"

그렇게 지켜보고 있노라니 어느새 동굴 밖으로 나오는 세 사람.

그들을 본 노형진은 작게 웃었다.

"빙고."

분명 차에서 내려서 올라갈 때는 작았던 등 가방이 빵빵했다.

"뭔가 꺼낸 것 같지?"

"확실히 그러네."

"일단 따라가 보세요. 여기는 저희가 확인해 보겠습니다. 저들이 차량으로 움직이면 놓치지 마시고요."

노형진은 따라온 한 팀을 그들을 추적하도록 보내고, 그들이 나온 동굴로 향했다.

그리고 입구에 있는 돌을 만지작거렸다.

"확실히 여기 재질은 아닌데?"

"어떻게 알아?"

"의외로 법률에서 지질은 중요한 요소 중 하나야."

각 지역별로 특성이 있고, 증거에 특정 지역의 흙이 묻어 있다는 것은 중요한 판단 요소니까.

"뭐, 지질학자 정도는 아니지만 그래도 지역을 보면 대충 어떤 지질인지는 알 수 있지. 이곳은 절대로 이런 바위가 있을 지형은 아니야."

물론 땅속에 깊숙하게 묻혀 있을 수도 있지만 마치 보란 듯이 동굴 입구에 튀어나와 있을 수는 없다.

"일단 들어가 봐야지?"

노형진은 천천히 입구 안으로 들어갔다.

그리고 노형진의 의심은 점점 확신이 되었다.

"입구가 이렇게 깨끗할 리가 없는데."

"응? 천장은 동굴 같은데?"

핸드폰 라이트로 천장을 살피는 오광훈.

하지만 노형진은 천장이 아니라 바닥을 탁탁 쳤다.

"들려?"

"돌이네."

흙바닥이 아니라 돌바닥.

"여기 돌이 묻혀 있을 수는 있겠지. 그런데 이렇게 평탄하다고?"

흙이라면 이해가 간다.

하지만 주변의 형태는, 이 동굴은 흙이 아니라 바위로 된 것처럼 되어 있다.

"소리도 균일해. 자연의 바닥이 이렇게 소리가 균일할 수는 없지."

노형진은 계속 바닥을 탁탁 발로 찼다.

그러다가 뭔가 생각난 듯 바닥을 신발로 긁었다.

그렇게 얼마 긁어 내지 않아서 그 바닥이 뭐로 되어 있는지 알 수 있었다.

"시멘트네."

"시멘트?"

"그래. 오래되기는 했지만 시멘트가 맞아."

"흠."

바닥에서 모습을 드러낸 것은 다름 아닌 시멘트였다.

즉, 이곳은 인공적으로 만들어진 공간이라는 거다.

"천장은 멀쩡한데?"

"그래서 이상하다는 거야."

"뭐?"

"이런 곳에는 이런 동굴이 생길 수가 없어."

동굴이 생기는 이유는 여러 가지다.

일단 가장 흔한 건 물이 흐르면서 굴이 파이는 것.

그다음으로 흔한 것은 용암이 흐르다가 굳어지면서 만들어지는 것이다.

"그런데 여기는 어느 형태도 아니야. 물이 만든 동굴이라면 지금도 습기가 있어야 해. 그런데 여기는 습기가 전혀 느껴지지 않아. 바닥에 고인 물도 없고. 그렇다고 용암이 만든 동굴이라기에는 형태가 너무 고르지. 그리고 기본적으로 동굴이라는 건 단단한 지반이 기본이라고."

하지만 여기는 흙으로 된 산이다.

즉, 지탱해 줄 수 있는 단단한 뭔가가 없기에 이렇게 구멍이 나면 무너지는 게 정상이라는 거다.

"공들여 만들어 낸 공간이라 이거네."

"그래."

안쪽으로 얼마나 들어갔을까?

그들 앞에 나타난 것은 다름 아닌 거대한 바위였다.

"바위잖아? 끝이라고? 이게 끝? 그 새끼들은 뭐, 바닥에서 흙이라도 긁어 가지고 간 거야?"

이리저리 둘러봐도 보이는 건 오로지 울퉁불퉁한 큰 바위 하나뿐.

"그것도 아닐걸."

바닥을 보면서 노형진은 말했다.

"애석하게도 바닥에서 긁은 건 아닌 것 같은데?"

바닥에는 여전히 흙이 있으니, 그랬다면 흔적이 남았을 테니까.

"흠……."

노형진은 고민하다가 지갑에서 명함을 꺼내더니 바닥에 납작 엎드렸다.

"뭐 해?"

"찔러 본다."

"뭘 찔러? 바위를 명함으로 찌르면 그게 들어……가네?"

갑자기 엎드려서 바닥을 명함으로 쑤시는 노형진을 어이가 없다는 듯 바라보던 오광훈의 눈이 커졌다.

"어떻게 된 거야?"

"역시나 눈속임이네."

만일 이 바위가 진짜라면 아래로 명함이 들어갈 틈이 있을 리가 없다.

그러나 들어갔다.

그 말은 이 아래에 틈이 있다는 거다.

"틈이 있는지 어떻게 알았어? 보이지도 않는데."

한 치도 보이지 않는 어둠. 그 안에서 흔적을 찾는 것은 절대로 쉬운 일이 아니었다.

"바닥을 보니까 딱히 이렇다 할 흔적이 없더라고. 그런데 문을 열려면 당연히 틈이 있어야 하잖아."

만일 바닥이 딱 붙어 있다면 문이 열릴 때마다 긁혀서 흔적이 남아야 정상이다.

"그런데 없으니, 그 말은 둘 중 하나지. 옆으로 밀든가 앞으로 당기든가."

"미는 형태는?"

"미는 형태는 문틈이 외부에 드러날 수밖에 없어. 선반 같은 것도 아니고 이런 자연물 형태라면 말이야."

즉, 이게 바위이지만 진짜 바위는 아니라는 소리다.

"누가 이런 병신 같은 생각을 했대?"

"80년대 영화에 보면 이런 장면 엄청 나온다. 그 시대에는 그게 트렌드였다고."

노형진은 영화를 좋아해서 고전 명작들을 대부분 놓치지 않고 봐 왔기에 안다.

"영화에 나오는 게 다 뻥은 아니야."

리얼리티를 위해 진짜로 있는 기술을 담기도 하지만 동시에 인간의 기술이 나아갈 방향을 예상하기도 한다.

"가령 〈스타트레인〉 초기작들을 보면 자동문이 나오는데, 그 시대에는 자동문은커녕 그 비슷한 것도 없었어. 심지어 핸드폰도 나온다고."

그래서 그걸 촬영할 때 배우가 다가오면 양옆에 숨어 있던 사람들이 줄을 당겨서 열었다고 했다.

"지금이야 어설픈 기술이지만 그때는 최첨단이었을걸."

"하긴, 90년대 영화에서 지문 인식은 최첨단이더라."

그런데 지금은 지문 인식을 넘어 얼굴 인식, 심지어 손바닥의 혈관 인식까지 보안용으로 쓰는 시대가 되었다.

"그 말은 여기 어딘가에 당기는 장치가 있다는 건데……."

노형진은 이리저리 벽을 더듬었다.

그러자 안쪽에 있던 돌 하나가 살짝 흔들리는 게 느껴졌다.

"빙고."

노형진이 그걸 젖히자 잠금장치가 나왔는데, 거기에는 거

대한 자물쇠가 걸려 있었다.

"잠금장치라……."

노형진은 그걸 보고 살짝 눈을 찡그렸다.

차라리 번호 키라면 자신이 읽고 풀어내겠는데 이건 생각
지도 못하게 큰 자물쇠였으니까.

"이거 자르려면 유압 절단기라도 가지고 와야겠는데?"

얼마나 두꺼운지 철의 두께가 거의 엄지 길이 정도다.

"그러면…… 내가 열지, 뭐."

"뭐?"

그러나 오광훈은 대답 대신에 품에서 열쇠를 여는 장비를
꺼내 들었어.

"미친! 그런 건 또 어디서 구했어?"

사람들은 열쇠 여는 장비라 하면 바늘과 비슷한 장비만 생
각하는데, 실제로는 열쇠 구멍에 넣고 꾹꾹 누르면 맞춰서
열어 주는 장비가 있다.

물론 모든 열쇠를 다 열 수 있는 건 아니지만 최소한 이런
구형은 가능했다.

"아, 이거? 내가 샀지."

"그걸 샀다고? 그거 소방용 특수 장비일 텐데?"

"내 전직이 뭔데? 대한민국에서 못 사는 건 탱크뿐일걸."

노형진이 혀를 끌끌 차는 사이 커다란 자물쇠를 열고 문을
당기자 바위처럼 보이던 공간이 조금씩 앞으로 나오기 시작

했다.

상당히 빡빡하기는 했지만 못 열 정도는 아니었기에 어떻게 열고 들어간 노형진과 오광훈은 입을 쩍 벌렸다.

"이런 미친 새끼들."

어둠으로 가득한 정사각형의 공간.

그 공간에는 실로 어마어마한 양의 지폐가 쌓여 있었다.

단순히 쌓아 둔 정도를 넘어서 아예 구획별로 나눠 두기까지 했다.

사람 키를 훌쩍 넘어갈 정도로 높이 쌓여 있는 지폐 뭉치.

"환장하겠네. 이거 신권 아니야?"

분명 신권이다. 그것도 5만 원짜리.

노형진은 그걸 보고 혀를 끌끌 찼다.

"내가 말했잖아, 의심을 줄이기 위해 계속 바꿔치기하고 있을 거라고. 그 많은 5만 원권이 다 어딜 갔나 했다."

신권 5만 원 권도 사람 키가 훌쩍 넘어가게 쌓여 있는데, 여전히 안쪽에는 아직 바꾸지 않은 구권들이 잔뜩 쌓여 있었다.

천 원짜리는 아예 없고 만 원짜리만 가득했다.

"이거 얼마나 될까?"

"족히 수천억은 되겠는데."

아무리 못해도 수천억은 될 돈.

이 많은 재산이 모두 국민들을 쥐어짜서 만든 돈이었다.

"아, 씨발. 여기서 내 500원 가지고 갈까?"

"500원?"

"아, 모르냐? 평화의 댐?"

"아, 그거. 그러고 보니 그렇겠네."

평화의 댐. 전환우가 벌인 대국민 사기극 중 하나.

북한이 거대한 댐을 만들어서 대한민국을 수몰시키려고 한다는 헛소문을 퍼트리고 그걸 막기 위해 평화의 댐이라는 걸 짓자며 국민들에게 모금을 했던 사건.

심지어 그 당시 국민학생들에게도 500원씩 의무적으로 거둬 코 묻은 돈까지 싹 쓸어 갔었다.

그 당시 시내버스 요금이 100원이었으니 지금으로 치면 5천~6천 원쯤 되는 돈인 셈이다.

물론 평화의 댐이 완전히 소용없는 쓰레기는 아니다.

분명 홍수조절 기능이 있기는 하다.

하지만 그걸 짓기 위해 국민들의 돈을 모으고 그 대부분을 전환우가 빼돌렸다는 건 대부분 아는 사실이다.

"가져가."

노형진은 이리저리 둘러보다가 5만 원권 뭉치 하나를 집어서 오광훈에게 던졌다.

"어? 뭐? 진짜로?"

"어차피 나한테 필요한 돈은 구권이지 신권이 아니야. 신권은 빼돌리자."

"뭐어?"

오광훈은 입을 쩍 벌렸다.

"농담해?"

"농담 같아? 지금 이거 공개하면 어떻게 될 것 같냐?"

"글쎄."

"이걸 공개하면 추징금을 제외하고는 아마 대부분 전환우에게 돌아갈걸."

전환우가 아무리 학살자고 또 불명예스러운 대통령이었다고 해도, 대한민국의 법은 그 한계가 명확하다.

추징금에 대해서는 압류가 가능하겠지만 그 이상의 돈은 빼앗을 수 있는 적당한 방법이 없다.

물론 세금 정도는 물릴 수 있겠지만 그래도 여전히 많은 돈이 그에게는 남게 된다.

"하지만 손해배상은?"

"손해배상은 솔직히 힘들어. 차라리 우리가 빼돌리고 다른 핑계로 주는 게 나아."

현행법상 손해배상 청구는 사건이 있었던 때로부터 10년 이내, 혹은 사건을 안 날로부터 3년 이내에 해야 한다.

그러지 않으면 손해배상 청구권은 사라진다.

"10년? 아, 그러네."

비록 최근에 알았다고 하지만 삼청교육대가 사라진 지 벌써 수십 년이 흘렀다.

"소송하겠지만 사실 받아 내기는 힘들지."

"그런데 왜 한 거야?"

"말 그대로야. 이대로는 그냥 잊혀 버리니까."

소송으로 관심이라도 끌어 본 것이다.

"그러면 유가족들은?"

"다 알아. 의뢰받으며 다니면서 설명했어. 당연히 그분들에게서 돈을 받지도 않았고."

하지만 삼청교육대 소송이라는 것만으로도 역사적 사실에 대한 재조명이 이루어질 테니 손해 보는 건 아니었다.

"그런데 이제는 새로 돈이 생겼네?"

노형진은 씩 하고 웃었다.

"조용히 사람들을 불러서 이거 빼내자. 어차피 법을 고치는 데 신권은 조금만 있으면 되니까. 그리고 그 돈이 사라지면 과연 전환우는 누구를 의심할까?"

"응?"

"원래 이런 건 익명의 제보로 발견하는 법이거든, 후후후."

역사의 부채는 강제 추징

　노형진과 오광훈은 빠르게 움직여서 5만 원권을 싹 빼냈다.

　물론 환전했다는 증거를 남기기 위해 어느 정도 남겨 놓긴 했지만 어쨌든 빼낸 금액이 무려 500억.

　내부에 있는 돈의 추정액은 무려 2천억이 넘었다.

　"어떤 면에서는 대단하네."

　노형진이 전환우가 감춰 둔 현금을 노리기는 했지만 사실 전환우가 자금 세탁을 해서 돌린 것도 엄청나게 많다.

　그 당시에 정부에서 추정한 뇌물은 3천억 수준이었지만 실제 내부에서 사건을 직접 담당했던 사람들의 이야기는 좀 달랐다.

　그들은 뇌물의 규모가 최소 8천억 이상이며, 수사 당시에 정부에서 어떻게 해서든 그걸 축소하려고 노력했다고 증언했으니까.

"그런 면에서 보면 그 당시 전환우의 은닉 재산은 1조 이상이었다는 거지."

수사상에서 최소한으로 드러난 게 그 수준이니 말이다.

그리고 1980년이면 한국 예산이 1년에 7조 수준이던 시절이다.

"미쳤네."

"그래, 미쳤지. 일단 세탁이 끝난 돈은 내가 정리하도록 하고, 일단은 이 돈부터 정리하자고. 언론 발표는 준비되었지?"

"그래, 발표 준비 끝."

"좋아. 그러면 우리 전환우 씨가 거덜 나는 거 한번 구경해 보자고, 후후후."

노형진은 전 국민들이 속 시원한 사이다를 마시는 순간을 기대하기로 했다.

⚖

"국민 여러분, 보이십니까? 수십 년 동안 감춰져 있던 전환우 씨의 비자금이 그 모습을 드러냈습니다."

스타 검사들은 기존 검사들처럼 언론과 친하다.

하지만 누군가를 묻어 버리거나 범죄를 은닉할 때 언론을 이용하는 기존 검사들과 달리, 그들은 뭔가를 세상에 알릴 때에만 언론 앞에 나섰다.

"지금 검찰에서는 익명의 제보를 얻어 현장을 급습하고 있습니다."

긴급 속보로 나가는 뉴스.

곧 화면에 띄워지는, 산을 타는 사람들의 모습.

생방송으로 나가고 있는 이 뉴스는 무려 60%라는 터무니없는 시청률을 기록했다.

언론사 기자들의 뒤에는 인터넷 뉴스 매체들이 함께 따라오고 있었다.

노형진의 철칙 중 하나가 바로 언론을 이용하되 그들을 믿지는 말라는 것이었다.

만일 그들만 부르면 분명 자기들 입맛에 맞는 방식으로 촬영하려고 할 테니, 그걸 생중계해 줄 다른 인터넷 매체를 같이 부르는 게 철칙이었다.

"헉헉…… 이곳은 모처에 있는 군사 보호구역입니다. 오광훈 검사에 따르면 군사 보호구역의 특성상 개발이 거의 이루어지지 않는 점을 노려서 은신처를 만든 것 같다 하며……."

뒤에서 스태프로 위장하여 조용히 따라가던 노형진은 기자의 말에 피식 웃었다.

'짜식, 내 말을 그대로 옮기네.'

물론 상관없다.

그가 언론에 나갈 이유도 없고, 오광훈이 더 높은 곳으로 오르기 위해서는 이런 지혜도 보여 줘야 한다.

"이곳이 제보가 이루어진 바로 그곳입니다. 일단 수사관들의 확인이 끝났으니 뒤따라 들어오시죠."

무작정 언론을 부를 수는 없었다.

일단 익명의 제보를 통해 위치를 확인시키고 수사관들을 보내 현장을 확인한 후에 언론을 부른 것이다.

물론 익명의 제보는 대포폰을 이용해서 제3자 명의로 했다.

더군다나 이 안에는 빛이 없기 때문에 미리 등을 설치하는 작업도 필요했다.

털털거리는 발전기 소리를 뒤로하고 안으로 들어가자 보이는 막대한 양의 현금 뭉치.

"보이십니까? 그동안 감춰져 있던 비자금입니다. 5만 원권도 어마어마하고, 만 원짜리 구권이 방 안을 가득 채우고 있습니다. 게다가 보관을 위해 제습 장비까지 설치되어 있습니다."

기자는 내부를 보고 목소리를 높였다.

"이 지폐의 상태를 보십시오. 완벽한 새 돈입니다. 이러한 돈을 이렇게 다량으로 구할 수 있는 곳은 한국은행뿐입니다. 그 말은, 한국은행에서 전환우 씨의 비자금 조성에 관여했다는 의미입니다."

이리저리 지폐 다발을 확인하는 사람들.

"그러면 오광훈 검사님, 이 정도면 금액이 얼마나 될까요?"

"저희가 직접 세어 보지는 못했습니다. 하지만 지폐의 사이즈를 기준으로 추정해 보면 대략 2천억이 넘습니다. 국민 여러분도 아시다시피 전환우 씨는 자금의 대부분을 세탁을 통해 해외에 유치하고 있습니다. 그럼에도 불구하고 이 정도 돈이 있다는 것은, 그 당시 수사 팀이 발표한 자금인 3천억 정도의 뇌물이 잘못된 수사였다는 것을 의미합니다."

오광훈이 그 말을 하자 사람들은 대부분 고개를 끄덕거렸다.

전환우가 고작 3천억만 받을 인간이 아니라는 것쯤은 누구나 잘 알고 있었으니까.

"그런데 그동안 들어오지 않던 전환우 씨의 비자금 제보가 왜 이제 와서 오광훈 검사님에게 들어왔던 걸까요?"

"믿음의 문제가 아닐까요? 국민들도 아시겠지만 지난 수십 년간 대한민국 검찰과 법원은 전환우 씨의 추징금 환수에 극도로 소극적이었습니다. 사실 추심을 할 의사가 없었다고 봐도 무방했지요."

원래 법률에 따르면 제3자의 계좌의 경우 압류가 불가능하다.

하지만 전환우의 재산을 추징하기 위해 만들어진 특별법인 속칭 전환우법에 따르면, 제3자의 계좌나 재산이라고 할지라도 압류가 가능하게 되어 있었다.

'그러고 보니 아슬아슬했네.'

이 법의 기한은 2020년 10월까지, 즉 몇 년만 더 버티면 전환우의 재산을 압류할 방법이 없다는 소리가 된다.

"대표적인 예가 법원에서 전환우 씨의 재산 확인을 막은 경우가 되겠네요. 최종 재산 확인은 2003년입니다. 그런데 법원은 전환우 씨의 재산 확인을 그 이후 계속 막고 있지요."

그건 사람들이 잘 모르는 사실이었다.

그래서 사람들은 그 말을 듣고 분노했다.

"다행히 검찰과 법원이 최근 많이 바뀌었고, 결정적으로 제가 수년간 몰래 추적하던 걸 알아주신 거죠."

"몰래 추적하셨다고요?"

"이걸 대놓고 추적했으면 제 목이 지금 멀쩡하게 달라붙어 있었을까요? 하하하."

오광훈은 웃으며 말했지만 그 말을 믿지 않는 사람은 없었다.

"그 덕분에 이렇게 역사의 부채를 일부 갚을 수 있게 되었습니다."

오광훈은 5만 원짜리 한 뭉치를 쥐고 흔들며 말했다.

"그나저나 이런 5만 원짜리를 여전히 이렇게 대량으로 구할 수 있다니, 내부에 누가 있나 보네요. 수사할 게 엄청나게 많습니다."

오광훈은 웃고 있었지만 그걸 보는 누군가는 소름이 돋으리라.

'그리고 구권이 이렇게 많으니 나에게도 도움이 많이 되겠어.'

노형진은 그렇게 무심하게 생각하면서 주변을 둘러봤다.

주변에는 경찰 병력이 쫙 깔려 있고 기자들이 가득했다.

"응?"

그런데 다른 검사 한 명이 이쪽으로 오는 게 보였다.

스타 검사 중 한 명이었다.

"노형진 변호사님?"

그는 당연히 노형진이 변호사라는 걸 알고 있었기에 바로 다가왔다.

"왜 그러십니까?"

"좀 보셔야 할 게 있습니다."

"봐야 할 거라니요?"

"네, 이게…… 도대체 왜 여기에 있는지 모르겠는데…….."

"무슨 말씀이십니까?"

"시신 같습니다."

"시신?"

노형진은 눈을 찌푸렸다. 뜬금없이 시신이라니.

하지만 정말 시신이라면 절대 그냥 넘어갈 수는 없는 노릇이다.

"오 검사 부르세요."

"네? 하지만…….."

"이건 공식적으로 검찰의 영역입니다. 제가 전면에 나서는 건 안 좋습니다. 수사권도 없구요. 제가 왜 스태프로 위장해서 왔겠습니까?"

"아, 그렇군요. 알겠습니다."

그는 오광훈에게 가서 뭐라고 이야기했고, 오광훈은 바로 인터뷰를 마치고 그를 따라 움직였다.

그리고 센스 좋게 노형진과 몇몇을 지명했다.

"삽 가지고 따라오세요."

노형진이 오광훈을 따라 현장으로 가자 주변에는 몇몇 사람들이 탐침봉을 들고 서 있었다.

"이분들은?"

"이 주변에 다른 감춰진 공간이 있나 수색 중이었습니다."

기자에게 말하고 오광훈은 바로 뒤로 가라고 신호를 보냈다.

기자는 불만으로 가득한 듯했지만 별말은 하지 않았다.

역사적인 순간인데 여기서 자존심을 세우다가 쫓겨나면 남 좋은 일만 시키는 셈이니까.

"여기라고요?"

"네, 오 검사님."

"여기 한번 파 보세요."

보아하니 수색하던 경찰이 뭔가를 발견한 모양이었다.

그런데 그가 오광훈에게 건네주는 무언가를 보던 노형진은 고개를 갸웃했다.

'군번표? 여기에 군번표가 왜 있지?'

물론 군부대 근처이기는 하다.

하지만 군번표의 형태를 보니 요 근래 쓰는 것은 아니다.

일단 노형진은 다른 사람들과 함께 삽질을 하기 시작했다.

그렇게 얼마나 팠을까?

"으아아!"

삽질을 하던 한 사람이 갑자기 비명을 지르면서 주저앉았다.

그의 눈에 보인 것은 다 썩은 백골이었다.

"멈춰!"

"이거 뭐야?"

뜬금없이 나타난 백골.

"큰 삽 말고 작은 삽 없어?"

"없습니다. 작은 삽은 필요 없다고 생각해서…….."

사실 감춰진 공간을 찾는 데에는 큰 삽이 필요하지, 작은 삽이나 유골을 발굴할 때 쓰는 붓은 필요가 없으니 여기에 있을 리가 없었다.

"젠장, 당장 가서 사 오든 해!"

오광훈이 소리를 지르는 사이 노형진은 바닥에 엎드려서 손으로 땅을 파기 시작했다.

인간의 손은 충분히 정밀하니까.

그리고 손가락 끝이 유골에 닿는 순간 그들의 최후의 순간이 읽혀 들었다.

노형진이 평소에 인식하지 않으려고 하지만 때때로 이렇게 강렬한 기억은 머릿속을 파고들곤 했다.

"살려 주세요! 제발 살려 주세요!"

"제발 집에 보내 주세요. 할머니 혼자서 저를 기다리고 계세요, 제발."

"이 개새끼야!"

"천벌받을 새끼들아!"

산속. 그곳에 있는 사람들은 병사들이었다.

그러나 아주 오래된 민무늬 옷, 즉 요즘은 CS복이라고 불리는 구형 군복을 입고 있었다.

CS복은 폐기 대상이지만 사용 가능이라는 의미인데, 구형 전투복을 버리지 않고 유격 훈련 등 거친 훈련에서 사용해서 어느 정도 나이가 있는 사람들은 CS복 하면 민무늬를 생각하고 젊은 사람들은 물결무늬를 생각한다.

그런데 이 사람들이 입고 있는 것은 구형 민무늬 전투복.

"죽여."

뒤쪽에서 들리는 목소리.

고개를 돌리자 낯익은 남자 한 명이 보였다.

'저놈은?'

그는 박헌규였다.

그리고 그의 주변에는 여섯 명의 사람들이 있었다.

"대령님, 꼭 이래야 하겠습니까?"

"같이 죽고 싶으면 저쪽으로 가서 서."

가장 후방에 있던 중령이 입술을 깨물었다.

그리고 M16 소총을 들어서 노형진, 정확하게는 노형진이 기억을 읽고 있는 사람을 겨누었다.

"이 개 같은 새끼야! 우리가 뭘 그렇게 잘못했는데! 우리는 시키는 대로 한 건데!"

'이런 미친 새끼들.'

그리고 흘러들어 오는 기억.

그들은 설혹 사라진다 해도 사회적으로 문제가 되지 않을 만한 병사들만 선발해서 이 은신처를 만드는 데 동원했던 것이다.

그 시절만 해도 군대가 혹독하기 그지없던 때였는데, 좀 독하게 말하면 군대에서 일반병의 신분은 장교들의 노예나 마찬가지였다.

저항하는 순간 빨갱이로 찍혀 끌려가서 모진 고문을 당해야 했으니까.

그러니 장교들이 시키는 대로 하지 않을 수가 없었다.

그렇게 뽑힌 사람들은 이 산속에서 그들이 시키는 대로 벙커를 만들고 돌을 나르며 그렇게 비밀 은신처를 만들었던 것.

"우리는 위험부담을 감수할 수 없다. 죽여."

하지만 다른 여섯 명은 쉽게 방아쇠를 당기지 못했다.

그러자 박헌규가 앞으로 나서서 먼저 총부리를 들이밀었다.

탕!

산속에 총소리가 울리고, 옆에 있는 남자의 머리가 터져

나간다.

"빨리 죽여. 그리고 탈영 처리해. 거부하면 내 손에 죽는다."

"아…… 알겠습니다."

다들 방아쇠를 당겼다.

타타타타탕.

산속에 울리는 총소리. 그리고 하나둘 쓰러지는 사람들.

"쿨럭…… 쿨럭."

쓰러진 남자는 피를 토하면서 억울해했다.

자신들을 끌고 와서 땅을 파라고 했을 때, 설마 이게 자신들의 무덤이 될 거라고 누가 생각이나 했던가?

"아아악!"

"엄마…… 엄마…….."

총에 맞아서 운이 좋은 사람은 한 방에 절명했지만 그렇지 못한 사람들은 피를 흘리며 구덩이에 빠져 버렸다.

"빨리 묻어. 기분 찝찝하니까 내려가서 막걸리나 한잔씩 하자고."

방금 전까지 바로 그들이 쓰던 삽으로 구덩이에 흙을 퍼 나르는 장교들.

"그렇게 신경 쓰지 마. 각하께서 다 알아서 해 줄 테니까."

그 말을 마지막으로 기억이 끊어졌다.

그리고 노형진은 사건의 진실을 알았다.

'어쩐지. 누군가 여기를 만들었다면 제보가 들어올 만도 한데.'

하지만 제보는 없었다.

그리고 전환우가 왜 고작 대령 예편을 한 박헌규를 그렇게 믿는지도 알 것 같았다.

'이게 시험이었군.'

이들은 병사들 수십 명을 죽였다.

그러니 평생 전환우와 엮일 수밖에 없었던 것.

'그리고 남은 것은 박헌규를 포함해서 네 명.'

아마도 나머지 두 명은 죽었을 것이다.

병으로 죽었든 사고로 죽었든 아니면 암살당했든 말이다.

'흔하게 쓰는 방법이지.'

범죄자들이 자신의 편을 만들 때 가장 많이 쓰는 방법 중 하나가 바로 사람을 죽이게 하는 것이다.

그래야 배신을 못 하기 때문이다.

한두 명도 아니고 무려 수십 명의 병사를 죽였으니 이들은 전환우를 절대 배신하지 못한다.

'동시에 두렵겠지.'

서슴없이 사람을 죽이는 인간, 그에게서 도망가지 못한다면 숙이는 수밖에 없다.

"삽을 가지고 왔습니다."

그러는 사이 차량에 있던 모종삽과 기타 물건을 가지고 사람들이 돌아왔다.

노형진은 그들과 교대하면서 씁쓸한 미소를 지을 수밖에 없었다.

"뭐라고? 그게 사실인가?"

"그렇습니다. 제가 읽은 기억입니다."

노형진의 말에 송정한은 얼굴이 딱딱하게 굳었다.

"설마 그렇게까지 했을 줄이야."

"도굴을 막기 위해 일을 한 노예들을 죽인 경우는 옛날부터 있었습니다. 전환우는 자신이 황제라고 생각했고요. 별로 특이한 일은 아니지요."

"으음…… 일단 그 부분은 내가 확인해 보겠네. 하지만 그 당시에 탈영한 사람들이 워낙 많아서…….'

사실 탈영보다는 사고로 죽거나, 죽여 버린 후에 징계가 무서워서 탈영으로 처리한 사건들이 어마어마하게 많다.

지금도 그렇지만 그 당시 군대란 조직에서 병사란 짐승 그 이하였으니까.

"유가족이라도 찾을 수 있으면 좋겠습니다만."

아마도 안 될 거라는 걸 노형진은 알고 있다.

기억에서 읽은 바에 따르면 그들은 죽어도 문제가 안 되는 사람들, 주로 가난하며 형제자매나 부모도 없어서 할머니나 할아버지가 키우던 병사들을 노렸다.

고아는 군대에 가지 않지만 할머니 할아버지가 있다면 군대에 가야 하는데, 그런 경우 탈영했다고 해 버리면 그만이었기 때문이다.

그 당시에 아무것도 모르는 할머니 할아버지가 항의해 봐야 신경 쓰는 사람도 없고, 그들은 변호사를 살 돈도 없으며, 사고 싶다고 해도 변호사들이 그들을 위해 싸워 줄 리도 없었다.

국가, 그것도 국방부에 소송을 걸면, 그냥 적당히 증거를 조작해서 빨갱이라는 이름을 뒤집어씌워 끌고 가서 고문하다 죽여 버려도 누구도 뭐라고 못 하던 시절이었으니 말이다.

"일단은 자네가 말한 대로 법을 개정하려고 하고 있네."

기본적으로 기존의 법과 똑같다.

하지만 환전에 대한 부분이 달랐다.

노형진이 말한 대로 100만 원 이상의 환전은 무조건 해당 주인의 계좌로 일단 들어가게 되어 있으며, 또한 화폐의 디자인 교환 이후에 3년이 지나면 100만 원 이상의 해당 금액에 대해서는 어디서 얻었는지 증명하도록 되어 있었다.

"일반적으로 화폐의 완전 교체 주기를 3년으로 보니까."

아무리 한국은행이라고 해도 모든 돈을 한꺼번에 교체할 수는 없다.

그러나 3년이라 지나면 어차피 시중의 돈은 모조리 교체된 이후고, 남은 돈은 일부 사람들이 일종의 기념으로 가지고 있는 금액 정도일 것이다.

　화폐의 수명은 일반적으로 6개월을 생각하는 만큼 들어오는 대로 새로운 지폐가 나간다면 3년이면 충분히 교체가 가능하다.

　"반대하는 사람들은 없던가요?"

　"왜 없겠나?"

　송정한은 노형진에게 이름이 적혀 있는 서류를 내밀었다.

　"이들이 극렬 반대하는 사람들이네. 대한민국 경제가 파탄 난다면서 말이야."

　"경제 파탄이라……."

　안 봐도 뻔하다.

　그들은 지폐를 그득하게 쌓아 두고 안락한 노후를 누릴 생각이었을 것이다.

　"이들에 대해서는 제가 알아서 하지요."

　주변을 캐고 비리를 찾아내서 그들을 몰락시키는 건 노형진의 책임이다.

　제3의눈에서 현상금을 거는 순간 그들의 인생은 끝장난다고 봐도 무방하다.

　"뭐, 그들을 설득하는 건 우리 쪽에서 알아서 하겠네. 문제는 자유신민당이야. 자유신민당에서 얼마나 많은 전화가 왔는지 아나?"

"네?"

"전화기가 터질 지경이야."

자유신민당에서는 그 법을 철회하지 않으면 뜨거운 맛을 보여 주겠다고 대놓고 협박하고 있다.

"그들도 똑같지요."

단순 디자인 변경을 가지고 그들은 나라의 경제가 무너진다면서 거품을 물고 있었다.

"뭐, 상관없습니다. 어차피 다 이권으로 뭉치는 놈들인데 내부에 배신자가 없겠습니까?"

"그게 무슨 말인가?"

노형진은 씩 하고 웃었다.

"사실은 말입니다, 전환우의 돈 일부를 제가 빼돌렸습니다."

"뭐? 자네, 미쳤나?"

"미친 게 아니라, 어차피 제대로 정리하려면 당사자가 돈을 내야지요."

"무슨 말인가, 그게?"

"5만 원권으로 빼돌렸는데, 대략 500억 정도 되더군요."

"미친!"

무려 500억이라는 돈을 현금, 그것도 5만 원권으로 더 가지고 있었다는 말에 송정한은 기겁했다.

"어차피 지금 전환우는 자신을 배신한 게 세 사람 중 한

명이라고 생각하고 있습니다. 그렇다고 해서 그 돈을 찾아내
라고 하거나 할 수 있는 상황은 아니지요."

결국 그는 돈은 돈대로 날리고 속은 속대로 끓이고 있을
것이다.

"뭐, 세탁해 둔 자금이 워낙 많아서 이 정도는 감수할 만
하겠지만요."

"그 돈으로 뭐 하게?"

"일단 일부는 피해자들을 위해 쓸 겁니다."

소송했던 삼청교육대 피해자들에게도 보상해 줘야 하고,
기타 많은 피해자들이 있다.

"하지만 한 100억 정도는 보상금으로 걸 예정입니다."

"정책 보상금 말인가?"

노형진은 고개를 끄덕거렸다.

"그렇게 많이? 왜?"

"일단 초선 의원들을 끌어들이는 게 목적입니다."

초선이나 재선은 상대적으로 돈이 없다.

특히 초선들은, 막대한 돈을 들여서 당선은 되었는데 사실
들인 돈에 비해 그만큼 버는 게 쉽지 않다.

다선이라면 알아서 조용히 가지고 오지만 초선에게 돈을
가지고 오는 사람은 거의 없다.

"그들이 다선이 되기 위해서는 다음 선거에 나갈 돈이 필
요하지요."

"즉, 위에서 뭐라고 하든 배신할 가능성이 크다?"

"당연한 거 아닙니까? 이건 당론으로 정할 수 있는 문제가 아닙니다."

경제에 좋으면 좋았지 나쁜 일이 아니기에, 당론으로 정하는 순간 지지 세력이 들고일어날 것은 당연한 일.

"두 번째로, 핑계를 만들어 주는 거지요."

"핑계?"

"그렇습니다. 다선 의원 중에서 일부는 현금을 가득 쌓아 두고 있겠지요. 이 법이 통과되면 그걸 다 바꿀 수는 없으니 기한 내에 열심히 써야 할 겁니다."

3년 안에 얼마를 써야 할지는 쌓아 둔 돈에 따라 달라질 테고.

"그런데 어떤 정치인이 갑자기 그 사이에 씀씀이가 막 헤퍼진다고 하면? 어떻게 보일까요?"

"으음…… 그렇군. 눈에 확 띄겠어."

당연히 사람들은 그가 막대한 뇌물을 감춰 두고 있었던 거 아니냐며 의심하게 된다.

"아! 그렇군! 이 돈을 받으면 그거라고 핑계를 댈 수 있겠어!"

"정답입니다."

정책 보상금을 현금으로 준다면?

누군가 그 돈이 어디서 났냐고 묻는다면 정책 보상금으로 받았다고 하면 그만이다.

"약간은 타협해야지요."

그들을 다 말려 죽이는 건 나중 문제고, 지금은 일단 시중에 돈이 돌게 하는 게 중요하다.

"100억. 많다면 많고 적다면 적은 돈입니다."

정책 보상금을 가지고 가는 방식은 간단하다.

어떤 정책에 대해 보상금이 걸리면 제3의눈에서 그 정책에 대한 지지 의사를 밝히고 후보로 올린다.

그리고 국회에서 찬성표를 던지면 된다.

"국회는 기본적으로 기명투표니까요."

그런 만큼 말로만 정책에 찬성한다고 하고 돈만 받아 가는건 불가능하다.

"그런데 이걸 지지하는 사람들이 얼마나 될까요?"

"알 수 없지. 하지만 돈이 걸리면 그들은 확실하게 와서투표할 거야."

그렇게 되면 100억을 그들과 나눠야 한다.

돈을 원해서 마음을 굳히거나 국민들을 두려워해서 마음을 굳힌 사람들은 일찌감치 의견을 말할 테니까.

"그다지 많지도 않군."

재적 인원의 3분의 2가 찬성해야 국회에서 통과되니 다 출석한다고 하면 커트라인은 이백 명 정도.

그리고 그들이 모두 의견을 제시하고 찬성표를 던진다면1인당 5천만 원.

"적지 않은 돈이지만 또 많은 돈도 아니지요."

어디 가서 현금을 펑펑 쓰면서 이거 보상금이라고 할 수 있는 돈이기는 하지만, 그걸 핑계로 아파트나 수입 차를 사는 것은 불가능하다.

"재미있을 겁니다."

노형진은 아귀다툼을 벌일 국회의원들을 생각하고는 키득거렸다.

이때까지만 해도 그는 별문제 없이 법이 통과될 거라 생각했다.

하지만 반대 세력은 생각지도 못한 방법을 들고나왔다.

성동격서

"필리버스터라니, 미친 거 아닌가?"

박기훈은 헛웃음이 나왔다.

필리버스터.

국회에서 정책을 결정할 때 인원수에서 밀리는 경우, 그 결정을 막기 위해 무제한으로 토론하는 행위.

그렇게 함으로써 해당 회기가 끝나 버리면 그 법은 통과될 수가 없다.

물론 다음 회기에 다시 올릴 수는 있겠지만 그사이에 사람들을 설득하거나 하는 식으로 대항할 수 있다.

"뭐, 나라를 뒤집자는 것도 아닌데 이걸 가지고 필리버스터를 한다고?"

박기훈 대통령은 국회에서 벌어지는 상황이 기가 막혔다.

"자네도 내가 나라를 말아먹는다고 생각하나?"

"그건 아닙니다, 각하."

단순 디자인 변경이고, 합법적으로 현금을 쥐고 있는 사람이라면 그 교체에 대한 어떠한 타격도 없다.

당장 현금으로 안 준다고 해도 자기 계좌에 들어오는 순간 자기 돈인 만큼 신권으로 출금하면 그만이기 때문이다.

"그런데 내가 나라를 말아먹는다고?"

박기훈은 속이 부글부글 끓었다.

노형진이 이 작전을 말해 줬을 때만 해도 진짜 좋은 계획이라고 생각했다.

부패한 사람이 아니라면 반대할 이유가 없으니까.

무려 3년이나 시간을 준다.

그동안에 다 못 바꿀 정도로 현금이 많다면 그게 이상한 거다.

"믿는 도끼에 발등 찍힌다더니, 허허 참."

심지어 필리버스터는 특정 정당에서 하는 게 아니었다.

자유신민당에서 쉰 명, 민주수호당에서 서른아홉 명.

그들은 이 법을 막아야 한다며 필리버스터를 시작했다.

그들은 단상에 올라가서 박기훈이 나라를 망친다면서 끊임없이 헛소리를 하고 있었다.

"내가 멍청했어."

심지어 그렇게 필리버스터를 하고 있는 대부분의 의원들은 3선 이상이었다.

즉, 당의 중요 핵심이며 자신과 미래에 대해 이야기하던 그런 자들이, 자신들의 돈이 사라질 위기에 처하자 필리버스터를 동원해서 막기 시작한 것이다.

"각하, 노형진 위원이 왔습니다."

"들어오라고 해."

박기훈은 보고 있던 국회 방송을 꺼 버리고는 말했다.

어차피 보고 있어 봐야 헛웃음밖에 안 나오는 헛소리의 향연이니까.

노형진은 비서의 안내를 받아서 안으로 들어왔다.

그리고 박기훈은 노형진을 보자 참담한 표정으로 물었다.

"예상했나?"

"저항은 예상했지만 필리버스터는 솔직히 생각 못 했습니다. 그만큼 다급하다는 의미이기도 하겠지요."

현대의 뇌물은 대부분 현금을 통해 이루어진다.

그럴 수밖에 없는 게, 현물의 경우는 현금화하는 것도 어렵고 설사 현금화한다고 해도 그 과정에서 걸리는 경우가 많기 때문이다.

"자네 말이 맞아. 이렇게 하면 부정 축재의 수단으로 쓰는 데에는 한계가 있지."

특히나 정권이 바뀔 때마다 미묘하게 디자인을 바꾼다면

당장 국민들은 별 차이를 느끼지 못하겠지만 현금을 쌓아 두는 범죄자들이나 부정부패 정치인들 입장에서는 등골이 오싹할 이야기였다.

"그렇다고 저치들이 저렇게 하는 걸 그냥 두고 볼 수는 없지 않나? 자네도 알겠지만 필리버스터는 흉악한 무기야."

필리버스터는 부당한 법률의 제정을 막는다는 목적도 있지만 세상의 모든 것에 빛과 어둠이 있는 것처럼 다른 부작용도 있는데, 아무리 다급한 법이라고 해도 저 필리버스터에 걸리면 똑같이 통과를 못 하게 된다는 것이다.

"한두 개가 아니야. 당장 의사들을 증원하기 위한 법도 저 필리버스터에 걸려서 통과가 안 되고 있지 않나."

장기적으로는 의사들을 충원하고, 그렇게 함으로써 국민들의 의료 안전을 확보해야 한다.

아니, 당장 그것뿐만이 아니다.

수많은 잘못된 법들, 가령 학생이 가게 주인을 속여서 술을 먹었는데 처벌은 가게 주인이 받는다거나 하는 법들 역시 시급히 고쳐야 하는데 필리버스터에 걸려서 제대로 말도 못하고 있는 상황이다.

"그렇다고 해서 저치들이 이번 국회에서만 저 짓을 할 리가 없고."

다음 국회에 안건으로 올려 봐야 또다시 필리버스터를 하면서 시간을 끌려고 할 건 당연한 일.

물론 그걸 하는 국회의원도 죽을 맛이겠지만 동시에 국민들도 죽을 맛일 수밖에 없다.

"압니다. 그러니 특단의 대책을 세워야겠지요."

"그게 쉽겠느냔 말이야. 대한민국은 민주공화국이야. 내가 국회의원들 조사하라고 시키면 그 자체가 범죄나 마찬가지라고!"

문제가 있어서 확인해 보라고 하는 건 가능하겠지만 특정 국회의원이나 그 가족의 부패에 대해 알아보라고 하는 건 아주 심각하게 받아들여진다.

그 말 자체가 사실상 민간인 사찰을 뜻하기 때문이다.

"저라면 하겠습니다만?"

"자네 성향은 나도 익히 알지. 필요하면 온몸에 똥을 묻힌다면서."

"맞습니다."

"그건 자네가 공인이 아니기 때문이야. 도리어 공인이기에 나는 조심해야 한다네."

노형진은 고개를 끄덕거렸다.

박기훈의 말이 맞다.

노형진 자신은 개인이다. 개인으로서 책임질 영역에 대해서는 각오하고 있기에 그런 행동을 할 수 있다.

하지만 대통령이 되면 그렇게 할 수 없다.

왜냐? 그 자체가 미래의 다른 대통령들에게 핑계가 될 수 있기 때문이다.

그가 민간인 사찰을 하고 은닉하면, 다른 대통령도 민간인을 사찰해도 된다는 근거가 되어 버린다.

"애매한 문제이기는 하지요."

문제는 정상적인 방법으로는 특권을 가진 놈들을 처리하는 게 쉽지 않다는 거다.

애초에 법을 만드는 게 국회의원이고 그걸 집행하는 검사와 판사 역시 특권을 가진, 정확하게는 특권을 가지고 있다고 생각하는 놈들이기에 스스로 법을 그렇게 만들고 그렇게 집행하니까.

"필리버스터? 그래, 그게 적당한 브레이크로써 작동한다면 나도 말리지는 않네. 하지만 지금 저들은 전 국민을 인질로 삼고 있는 게야."

저들의 요구는 간단하다.

해당 한국은행법을 포기하지 않으면 국회를 정지시켜 버리겠다.

"그냥 법대로 하시죠."

"법대로?"

"네. 법대로 조사하고 그에 맞게 처벌하시면 됩니다. 국회의원은 무적이 아닙니다."

국회의원은 불체포특권을 가지고 있지만 사실 국회 회기외에는 신분이 보장되지 않는다.

즉, 조사해 놨다가 임기가 끝나자마자 바로 체포하는 건 불법이 아니라는 거다.

범죄 사실이 확실하다면 그건 사찰도 아니고.

"저렇게 필리버스터를 할 정도면 범죄 사실이 없을 리가 없지 않습니까?"

"나도 알지. 하지만 문제는 말일세, 저들이 방탄 국회를 열기에 충분하다는 거야."

방탄 국회.

국회 회기가 끝나면 바로 임시국회를 열어서 국회의원을 보호하는 방식.

물론 돈 때문에 배신하고 법을 바꾸려고 하는 사람들도 있지만, 그들이 방탄 국회마저 포기할 가능성은 낮다.

"흠……."

노형진은 고민에 빠졌다.

'국회의원은 건드리는 게 불가능하단 말이지.'

노형진이 아무리 잘났다고 해도 회기 중에 국회의원을 터치할 수는 없다.

'시간이 지날수록 불리한 건 우리고.'

저들이 자기들 뇌물을 조금 포기하고 다른 국회의원들을 설득한다면, 나머지 국회의원들은 포섭될 수밖에 없다.

1억을 줄 테니 포기하라고 하면 포기하지 않을 사람이 얼마나 될까?

100억을 걸었다지만, 동의한 사람들이 나누면 한 사람당 5천만 원 정도.

거기다 저 법을 포기하면 자기들도 뇌물을 받아서 대대손손 잘 먹고 잘살 수 있게 될 거라고 생각하는 부패한 놈들도 생기기 마련이다.

"필리버스터를 막는 걸 원하신다면 그건 불가능합니다."

"그래서 내가 묻는 걸세. 방법이 없겠나?"

"기본으로 돌아가시죠."

"돌아가자고?"

"필리버스터를 하든 말든 그건 상관없지 않습니까?"

"그게 무슨 말인가?"

박기훈은 어리둥절해졌다.

그 법을 제안한 게 노형진이다.

그런데 이제 와서 그걸 해도 그만, 안 해도 그만이라니?

그러나 이내 노형진이 한 말이 무슨 의미인지 알 수 있었다.

"이 상황에서 필리버스터를 한다, 그 말은 뇌물을 받았다는 의미입니다. 그리고 뇌물을 받았다는 건 범죄자라는 뜻이지요."

"하지만 방탄 국회가……."

"그걸 영원히 할 수 있을까요?"

"뭐?"

"국회의 회기는 정기국회가 100일 이내, 임시국회가 30일

이내입니다."

"그런데?"

"필리버스터는 이 시간 내내 계속해서 말을 해야 하는 거지요."

노형진은 핸드폰을 들어 날짜를 확인했다.

"저들이 필리버스터를 할 수 있는 이유는 이번 국회가 일주일 남았기 때문입니다."

백 명 정도의 사람들이 그 기간 동안 필리버스터를 해야한다.

물론 이 정도면 충분히 가능하다.

"하지만 다음 국회는 정기국회입니다. 100일짜리 국회를 한번 열어 보시죠."

백 명의 사람들이 100일간 필리버스터를 하려면 한 사람이 스물네 시간을 해야 한다.

"그러다 누가 죽을지도 모르네."

"그게 중요한가요?"

"뭐?"

"국회에서 국회의원이 급사를 한들 누가 그걸 욕하겠느냔 말입니다."

물론 일부 지지 세력이 욕할지는 모르겠지만, 자기 이권을 지키기 위해 필리버스터를 하다가 급사했다고 해서 국민들이 그를 애도할 가능성은 높지 않다.

"이참에 죽어 주면 오히려 고맙지요."

"자네, 참 무서운 말을 하는구먼."

"그들이 이 세상에서 심판받지 못한다면 하다못해 저세상에서라도 심판받아야지요."

노형진은 그렇게 말했다.

물론 그들이 거기서 지쳐 죽을 때까지 기다려 줄 생각도 없기는 했다.

"이럴 때는 성동격서를 하면 됩니다."

"성동격서? 국회랑 그게 무슨 상관이 있는 건가?"

국회의원이 필리버스터를 하는데 대응책이 성동격서라니, 뭔가 동떨어진 이야기처럼 보였다.

하지만 노형진은 그렇게 생각하지 않았다.

군사전략은 전쟁에서만 쓰는 게 아니었다.

"저들은 필리버스터를 하고 있습니다. 국회의원의 3분의 2의 출석과 그중 3분의 2의 찬성이 있어야 법은 통과됩니다."

"내가 국회의원이었네만. 설마 나한테 국회법에 대해 설명하는 건가?"

"그게 아닙니다. 제가 말씀드리고자 하는 건 이거죠. 저들은 필리버스터를 하는 동안에 현장에서 벗어나지 못한다."

"그게 무슨 말이지?"

"국회의 재적 인원이라는 건 결국 국회 내부에 있어야 한다는 겁니다."

내부에서 필리버스터를 하는 동안에 다른 사람들이 나가면 모를까, 다른 사람들이 안에 있다면?

그러면 필리버스터를 하는 사람들도 나갈 수가 없게 된다.

"그리고 그 말은, 사건을 수습하지 못하게 된다는 거지요."

"수습을 못 한다?"

"그렇습니다. 저들은 필리버스터를 하는 동안에 바깥에서 터지는 사건을 수습할 수가 없습니다. 가령 검찰이나 경찰에서 뇌물 수수나 기타 범죄에 대해 조사한다고 하면 그들이 어떻게 그걸 수습할까요?"

"아!"

경찰과 검찰이 수사를 진행하면 그들은 끊임없이 수사하는 사람들과 접촉하면서 사건을 무마하려고 한다.

그리고 대부분의 경우 검찰이나 경찰은 모른 척 무마해 주곤 했다.

"하지만 지금은 검찰과 경찰이 많이 바뀌었지요."

모가지 날아갈 놈들은 대부분 날아갔다.

부패 세력이 아직도 있지만 과거에 비할 바는 아니다.

"저들이 한국은행법에 매달려 있는 동안 우리는 그들을 조사하면 되는 겁니다."

그리고 그들은 그걸 막을 수가 없다.

물론 보좌관을 보낸다거나 하면서 막으려고 할 수는 있겠지만, 사실 단순히 보좌관이 와서 말을 전한다고 해서 사건을 무마하기에는 지금 시스템은 상당히 복잡하다.

그러한 협박이나 기타 행위에 대해 내부 고발하는 경우 승진하도록 내부 규칙을 바꿨기에 눈이 벌게진 상황이고, 설사 아니라고 해도 그걸 정보 길드에 제공하면 적지 않은 돈이 나온다.

"그걸 공개할 라인이 있는 것과 없는 건 전혀 다르죠."

"그러니까 안에서 필리버스터 하는 동안 그들의 지지 기반과 세력을 모조리 박살 내자 이거군."

"그렇습니다. 이제 세상은 바뀌었습니다."

그리고 그 바뀐 세상이 얼마나 혹독한지, 일부 부패한 국회의원들도 알아야 할 시간이었다.

⚖️

"한국은행법을 바꾸면 나라가 망합니다. 경제가 몰락하고, 경제가 몰락하면 국민들이 흔들리고 가난해집니다. 그래서 막아야 합니다. 가난한 국민들은 라면 하나 사 먹기 힘들어집니다. 우리 집은 가난해서 라면 하나 먹기도 힘들었지요. 하루는 라면만 먹다 너무 지겨워서 짜장면이라도 먹자고 대들었습니다. 그런데 짜장면을 하나만 시켜 주시더군요. 어머니는 짜장면이 싫다고 하셨습니다."

온갖 개소리의 향연이 펼쳐지는 곳. 그 장소는 다름 아닌 국회였다.

그곳에서 필리버스터를 하는 국회의원의 말에 곽상득 의원은 혀를 끌끌 찼다.

"성 의원 집 좀 살지 않나?"

"살지. 성 의원 집이 창녕에서는 유명하잖아. 400평대 고깃집."

"그런데 뭐 짜장면을 싫어하셔?"

"아니, 진짜 싫어했나 보지."

"아, 그렇겠네."

필리버스터를 하는 의원들은 얼굴에 불만이 가득했다.

벌써 며칠째 아무 말이나 내뱉으면서 시간을 끌어야 하니 짜증 날 수밖에 없다.

물론 중간중간 쉬러 나가거나 밥을 먹을 수는 있다.

새로운 사람이 필리버스터를 하기 위해 올라가면 몇 시간은 이야기할 테고, 그들을 강제로 끌어내릴 수는 없으니까.

하지만 아무리 의자가 편하다고 해도 스물네 시간을 앉아서 멍하니 시간을 보내는 건 결코 쉽지 않았다.

"이 새끼는 왜 예비 배터리 안 가지고 오는 거야?"

핸드폰으로 게임을 하던 곽상득은 보좌관이 돌아오면 한소리 할 생각이었다.

핸드폰 예비 배터리가 다 되어 가는데 아직도 새로 충전한 걸 가지고 오지 않았으니까.

그때 마침 그 보좌관이 모습을 드러냈다.

"야, 이 새끼야! 예비 배터리 가지고 오라고 한 게 언제인데……!"

곽상득이 화를 내려고 하는 찰나 보좌관이 목소리를 낮추며 말했다.

"의원님, 큰일 났습니다."

"큰일? 무슨 큰일?"

"학교 폭력으로 첫째 도련님께 구속영장이 청구되었습니다."

"뭐!"

그는 자신도 모르게 벌떡 일어나서 소리를 질렀고, 한순간 모든 의원들의 시선이 이쪽으로 향했다.

"아, 미안합니다."

곽상득은 이를 박박 갈면서 목소리를 낮췄다.

"뭔 개소리야? 그거 덮었다고 하지 않았어?"

"그게, 검찰에서 다시 수사를 시작했다고 합니다."

"누가?"

"오광훈 검사입니다."

"이런 개 같은! 그런데 왜 구속영장이 나와!"

"그게, 우리가 사건을 덮지 않았습니까?"

사건을 덮고, 피해자를 강제로 다른 학교로 전학시켰다.

그리고 사건이 끝났다고 생각했다.

실제로도 그 정도면 사건이 끝났다고 봐야 했다.

"그런데 피해자가 전학한 게 상식적으로 말이 안 된다고, 오광훈 검사가 구속영장을 청구했다고 합니다."

"이런 미친 새끼가. 상식 같은 소리 하고 자빠졌네."

한국에서 대부분의 경우 가해자는 그 학교에 남고 피해자가 전학을 간다.

최소한 곽상득이 보기에 자신은 그래도 되는 사람이었다.

그런데 이제 와서 상식이라니.

"너 이 새끼, 안 막고 뭐 했어?"

"저희도 지금 알았습니다."

"이런 개……."

"직접 가셔야 할 것 같습니다."

"이 개새끼야, 내가 여기서 어떻게 나가?"

필리버스터에서 자리를 뺀다는 것은 단순히 한 표가 줄어드는 게 아니라 상대방에게 한 표가 늘어나는 효과를 발휘한다.

당연히 곽상득은 나갈 수가 없었다.

"검찰에든 경찰에든 법원에든, 다 전화 돌려."

사실 이런 사건은 전화 몇 통이면 다 해결된다.

하지만 얼굴을 찌푸리며 보좌관에게 지시하는 그 타이밍에, 필리버스트에 동참한 다른 국회의원들의 보좌관도 하나둘 다급하게 들어오는 것을 보면서 곽상득은 일이 틀어지기 시작했다는 걸 알았다.

며칠 전.

"안 봐도 뻔하지. 익명의 전화로 해서, 내가 누구인데 풀어 주라는 말을 할 거야. 대부분 그게 먹힐 테니까."

"내가 미쳤다고 그 새끼들을 풀어 주냐?"

"너는 그렇겠지. 하지만 네가 안 풀어 준다고 해서 다른 사람들도 안 풀어 주겠어?"

애석하게도, 오광훈이 아무리 노력해도 모든 사건을 그가 다 해결할 수는 없다.

아마도 대부분의 사건들은 다른 검사들이 할 테고, 해당 검사나 판사가 풀어 주는 선택을 할 가능성이 있다.

많이 바뀌었다지만 권력에 대한 열망이 사라진 것은 아니니까.

"그러면 어떻게 하려고?"

"일단 예방접종을 해야지."

"예방접종?"

"그래. 다 준비되어 있으니까 기다려 봐, 후후후."

그리고 며칠 후, 검찰청으로 한 통의 전화가 왔다.

그리고 그 전화는 자연스럽게 해당 검찰청의 수장에게 연결되었다.

-검사장님, 곽상득 의원님한테서 전화가 왔는데요.

"뭐?"

비서의 말에 검사장은 기겁하면서 전화를 들었다.

"네! 전화 바꿨습니다."

-나 곽상득 의원이오.

"네! 충성!"

-군대도 아닌데 충성은 필요 없고. 거기에 사기로 잡혀 있는 사람 한 명 있지요, 사충식이라고?

"네? 아, 네."

-그 사람, 오늘 중으로 풀어 주시오. 그리고 사건 무마하고.

"네?"

곽상득의 당당한 지시에 검사장은 어벙한 얼굴이 되었다.

그 사건은 검사장인 자신도 알고 있을 만큼 큰 건이기 때문이었다.

피해 금액이 무려 100억대나 되는 데다 피해자들이 연일 나와서 시위하는 그런 사건.

"하지만 의원님, 그럴 수는 없습니다. 피해자가……."

-언제부터 피해자를 신경 썼다고. 좋은 말 할 때 풀어 주시오, 당신도 미래를 준비하고 싶으면.

"네! 알겠습니다."

—그리고 이 전화는 없었던 거요. 무슨 말인지 알 거라 믿소.

아주 짧은 통화였지만 검사장은 이상하게 생각하지 않았다. 이런 청탁은 길게 통화할 수는 없으니까.

"당장 사충식 사건 담당 검사 불러."

다급하게 불려 온 담당 검사는 그를 풀어 주라는 말에 소리를 질렀다.

"검사장님! 말도 안 됩니다! 그 새끼는 작정하고 벌인 놈입니다! 풀어 주면 다시는 안 돌아와요! 도망갈 거란 말입니다!"

"내 알 바 아니지. 곽 의원님이 풀어 주라고 하니 풀어 줄 수밖에."

"확실한 겁니까?"

"내가 곽 의원 목소리도 모를까?"

"번호가 그 사람 번호도 아니지 않습니까?"

"그 사람이라니? 곽 의원님이 네놈 친구야? 그리고 이런 부탁을 자기 핸드폰으로 하는 사람이 어디 있어!"

"안 됩니다."

"죽고 싶어? 너 검사 생활 종 치고 싶어?"

"새론에서 뭐라고 합니다!"

"어차피 새론 쪽 사건도 아니잖아. 그쪽만 피하면 문제 될 거 없다니까."

담당 검사는 필사적으로 따지고 들었지만 검사장의 말은 단호했다.

그는 어쩔 수 없이 내려왔다.

"젠장."

"왜 그러십니까?"

그가 내려와서 짜증을 부리자 같이 일하던 수사관 한 명이
물었다.

"검사장님이 사충식이 풀어 주란다."

"네? 아니, 그 새끼를 왜요? 증거도 확실하고 도주 위험도
있잖아요. 막말로 우리가 10분만 늦었으면 그 새끼, 해외로
뛰었습니다."

공항으로 가기 위해 짐을 다 싸 두고 예약까지 해 둔 상황
에서 아슬아슬하게 잡았다.

이번에 풀어 주면 당연히 해외로 뛸 거다.

"알아. 그러니까 죽을 맛이지. 윗선에서 전화가 왔다네."

"누구요?"

"곽상득 의원이란다."

"헐."

다들 질렸다는 표정이 될 때 처음에 물어본 사람이 심각한
표정으로 다시 물었다.

"곽 의원 맞답니까?"

"그래, 맞단다."

"그래요?"

고개를 갸웃하는 수사관에게 검사가 되물었다.

"표정이 왜 그래?"

"아니, 제 동기 녀석이 이상한 소리를 해서요."

"이상한 소리?"

"전화해서 사건 무마를 요구하는 놈들이 있다고 하더라고요."

"언제는 안 그랬냐?"

"그게, 그쪽은 모르는 일이랍니다."

"무슨 소리야?"

"아니, 사실은 황당한 소리가 나와서요."

소매치기를 하나 잡았는데 뜬금없이 청와대에서 사건을 무마하라고 전화가 왔다는 것이다.

무슨 권력자 집안도 아니고 소매치기 전과가 무려 3범이나 되는 잡범을 청와대에서 풀어 주라고 했다는 게 이상해서 번호를 추적했는데…….

"그게 추적이 되겠냐? 대포폰을 썼겠지."

"청와대도 모른다고 했다고 하네요."

"청와대 비서실에서 그걸 인정하겠어요?"

다른 직원의 말에 검사는 손을 들어서 말을 막고 되물었다.

"그래서?"

"이상하죠?"

"그래, 이상하네."

"그래서 여기저기 파고들었는데, 그거 중국이라던데요?"

"뭐? 중국?"

"네. 중국에서 번호를 조작하는 방식으로 국내 발신인 것처럼 해서 풀어 주라고 한 거랍니다."

"어…… 뭐야? 그러면?"

"그 전화가 진짜인지 아닌지, 어떻게 확인하실 겁니까?"

"……!"

만일 이 말이 사실이라면?

그리고 그 풀어 주라던 곽상득 의원의 전화가 가짜라면?

'씨발, 똥 밟을 뻔했다.'

그러면 자기가 모든 죄를 다 뒤집어쓰고 커리어도 끝장나는 것이다.

검사장이 책임져 줄 리가 없으니까.

"그런데 그게 진짜로 곽 의원이 한 거면 어쩌죠? 전화해서 물어본다고 한들 그걸 인정할 리가 없잖아요?"

"아, 씹……."

검사는 고민에 휩싸였다.

그때 그런 그에게 처음 말을 꺼낸 수사관이 슬쩍 이야기했다.

"언론에 까죠."

"뭔 소리야?"

"언론에 이번 일을 까고 우리는 빠지자구요. 검찰과 경찰에 자칭 누구라고 하는 놈들이 무차별적으로 전화해서 수사 중인 사건을 무마하라고 든다고."

"그 뒤엔 어쩌려고?"

"진짜 곽 의원님이면 다른 방식으로 이야기하지 않겠습니까? 가짜라면 이건 심각한 문제구요."

"흠…… 그러네."

검사는 무시할 수가 없었다.

사람들은 전화 한 통으로 뭐 그런 사기에 걸리겠느냐 하겠지만, 그 전화에 속아서 천억이 넘는 돈을 사기당한 기업도 있다.

거래처라고 이야기하면서 입금 계좌를 다른 곳으로 넣어 달라고 전화한 걸 그대로 믿은 것이다.

심지어 영부인이라며 전화한 사기꾼에게 전직 시장이 10억이 넘는 돈을 뜯기기도 했다.

한국은 그런 식으로 누군가를 사칭하는 범죄에 대해 제대로 확인하지 않는다.

권력자들이 더러운 면이 있다는 걸 알기에 그걸 굳이 확인하려고 하지 않기 때문이다.

"문제가 되면 그때 가서 풀어 주면 되죠."

"그러자. 혹시 아는 기자 있어?"

"네. 아, 익명으로 해 드릴까요?"

"당연하지. 나중에 어떻게 될지 모르니까."

수사관은 속으로 씩 하고 웃었다.

사실 그 수사관은 노형진에게 미리 그런 이야기를 하도록 지시받은 사람이었다.

당연히 그 전화도 곽상득 의원이 한 게 아니라 중국에서 한 것이다.

그 이유는 간단했다.

"곽상득 의원님, 각 검찰과 경찰에 전화해서 범죄자들을 풀어 주라고 하신 게 사실입니까?"

"아닙니다. 저는 하늘에 맹세코 그런 말을 한 적이 없습니다."

"현 상황에 대해서는 어떻게 생각하십니까?"

"여당에서는 최근 이러한 사칭 범죄가 늘어난다는 사실을 확인하고 이를 막기 위해 새로운 법을 발의한다고 하는데, 그에 대해서는 찬성하십니까?"

새로운 법은 간단하다.

만일 전화로 범죄와 관련된 어떠한 질문이나 요구를 하는 경우, 해당 사실을 무조건 공개하고 그 진위 여부에 대해 당사자나 해당 집단에 문의하도록 하는 것이다.

만일 그러한 과정을 거치지 않고 일을 처리했다가 문제가 발생하는 경우 그 모든 책임은 담당자가 지게 된다.

해직은 물론이요, 그로 인해서 발생하는 손해배상 그리고 기존 사건에 대해 재수사하는 비용까지.

쉽게 말해서 전화를 통해 사건 무마하는 걸 막겠다는 거다.

"그건······."

곽상득은 속으로 이를 뿌드득 갈았다.

'이런 개새끼들.'

이 법이 통과되면 당연히 사건을 은폐하는 게 힘들어진다.

법적으로 책임 소재가 명확하게 특정되면 검사들은 그걸 확실하게 기록에 남기려고 할 수밖에 없다.

당연하게도 그 자체가 검사들에게는 어마어마한 부담으로 다가올 것이다.

"우리는 이러한 법에 대해 반대하는 바입니다. 나라에 혼란을 야기하는 법입니다."

"딱히 혼란을 야기할 법은 아닌 것 같은데요. 전화로 오는 청탁을 차단하기 위한 법 아닙니까?"

"개개인 간의 선의의 통화도 막는······."

"선의의 통화라면 책임질 일이 없는 거 아닙니까?"

새로운 한국은행법과 마찬가지로 이 법은 범죄자들, 특히나 권력형 범죄자들에게는 타격이 심할 수밖에 없다.

"더 이상 할 말 없습니다."

기자들이 마이크를 들이밀고 있음에도 불구하고 곽상득은 그들을 밀치며 자신의 사무실로 들어왔다.

"젠장!"

이후 그는 한참이나 이를 박박 갈았다.

중국에서 자신과 일부 의원들을 사칭해서 한 전화 때문에 손자를 꺼낼 수 있는 방법에 한계가 생겼다.

전이라면 전화 한 통이면 될 일이었지만, 이제는 위험부담을 가지고 누군가를 보내야 하는 상황이 되어 버렸다.

"박기훈 이 개새끼, 기회가 있을 때 탄핵했어야 했어."

그런데 그러지 못한 게 실책으로 돌아온 것이다.

"노형진 그 개새끼도 죽여 버렸어야 했고."

사실 가장 큰 문제는 노형진이었다.

그가 기존의 힘을 가진 자들을 모조리 털어 내는 바람에 새로 들어온 놈들은 눈치를 보는 상황이라 국회의원들의 말에 쉽게 움직이지 않았다.

당장 얼마 전이라면 대통령이고 뭐고 언론을 움직여서 탄핵 여론을 만들어 내는 게 어려운 일이 아니었다.

그러나 이제 언론은 국회의원인 자신의 말에도 섣불리 움직이지 않는다.

그런 글을 쓰면 기자 개개인에게 책임을 묻는 데다가, 선을 넘으면 마이스터에서 사주를 공격하기 때문이었다.

"할 수 없지. 그냥 둘 수도 없고."

그는 인터폰을 눌러서 밖에서 사람을 불렀다.

"소 보좌관더러 들어오라고 해."

"네."

그의 부름에 한 남자가 안으로 들어왔다.

"매형."

"광대야, 네가 대신 움직여야겠다."

"그렇잖아도 누나한테 말은 들었어요. 애 몇 대 때린 게 뭐 대수라고 아무것도 모르는 애를 구속시킨대요? 원래 애들은 싸우면서 크는 건데."

물론 몇 대 때린 게 아니다.

안면 골절이 생길 정도로 구타했고 다리까지 부러뜨렸다.

그것도 밤에 일당이 떼거리로 몰려가서 말이다.

"네가 가서 담당 검사 좀 설득해라."

"매형, 담당 검사 오광훈이에요. 그 미친개."

"그러니까 가서 일단 담당 검사를 바꿔 달라고 해."

"요즘 위험해서……."

"적당히 찔러줘. 돈 싫다는 놈은 못 봤으니까."

곽상득은 그렇게 말하면서도 짜증이 일었다.

그는 돈을 받아야 하는 사람이지 줘야 하는 사람이 아니다. 그런데 돈을 줘야 한다니.

"네, 매형."

사실 소광대는 보좌관이며 동시에 그의 처남이었다.

그 때문에 더러운 일을 처리하기에는 딱이었다.

"그리고 조심해. 상대방은 노형진이야. 그 새끼들은 몇 수 앞을 내다보고 있어. 어쩌면 너를 노리고 있을지도 몰라."

"에이, 매형. 제가 바보도 아니고, 알죠. 제가 직접 나서지는 않을게요. 다른 사람을 대신 보내면 되죠."

"그래, 그래라. 조심하고. 알았지?"

"그럼요."

"진짜 조심해야 해."

곽상득은 몇 번이고 조심하라고 했다.

그러나 그는 아무리 노력해도 피하지 못하는 게 있다는 걸 이때까지 몰랐다.

⚖

"필리버스터를 하는 동안에는 그들은 못 나옵니다. 그렇다면 차선책을 쓰겠지요. 전화가 막혔으니 다른 방법은 하나뿐입니다."

"인편 말이군."

박기훈 대통령은 다 안다는 듯 말했다.

"하긴, 보좌관이 그럴 때 쓰라고 있는 거지."

그리고 문제가 생기면 보좌관 개인의 범죄로 처리하고, 보좌관은 진짜로 혼자서 그 죄를 뒤집어쓰고 감옥에 간다.

"그런 수법이야 오래된 거지."

가장 대표적인 게 서울시 선거 방해 사건이다.

선거관리위원회를 해킹해서 선거를 방해했던 사건인데, 전문가의 의견으로는 그러한 작업에 10억은 들었을 거라고 추산했다.

하지만 검찰의 수사 결과는 모 국회의원의 보좌관이 친구들과 술을 마시고 즉흥적으로 한 짓이라 했다.

게다가 그 보좌관은 이과가 아니라 문과였고, 그 당시에 해킹을 통한 디도스 공격을 어떻게 했는지에 대해서도 제대로 조사가 이루어지지 않았다.

"그들을 따라다니면서 조사하라는 건가? 그건 무리야. 그건 수사를 넘어서 사찰의 수준이네."

수사는 증거가 있고 제보가 있을 때 그에 대해 조사하는 거다.

그런데 노형진이 지금 이야기하는 건 일단 사람부터 붙이라는 것처럼 들렸다.

"물론 아니죠. 그랬다가는 사찰의 영역에 들어가서 정치적으로 고립될 테니까요."

"그러면 어쩌라는 건가?"

"사찰이 아니라 합법적인 수사를 하시면 됩니다."

"이해가 안 가는구먼."

"지금 현직 검사들 중에서 그들의 부탁대로 사건을 무마해 줄 사람은 많지 않습니다. 그렇다면 어떤 방법을 쓰겠습니까?"

박기훈은 모르겠다는 표정이 되었다.

하긴, 그는 법률 쪽으로 경험이 없는 사람이니까.

법률 전공자도 아니고, 관련 업종에 근무해 본 적도 없으니 모르는 게 당연하다.

"결국 정해진 사람에게 연락해서 담당 검사의 교체를 요구할 겁니다."

"검사의 교체?"

"그렇습니다. 모든 검사가 다 깨끗한 건 아니니까요."

어떤 사건들은 터지자마자 바로 무마에 들어가서 검사가 배정되기도 전에 처리된다.

그럴 때는 미리 이야기가 된 검사에게 말하기 때문에 문제가 안 된다.

하지만 사건이 터지고 이미 검사가 배정되었거나 뒤늦게 문제를 인지하고 수사를 시작한 경우에는 그런 식으로 무마하기가 힘들다.

"그런 경우는 보통 담당 검사를 바꿔치기합니다."

그 권한은 전적으로 검찰에 있다.

"그런데 의외로 그러한 권한이 있는 사람들은 많지 않거든요."

최소한 각 지점의 검사장급 이상은 되어야 그러한 힘을 발휘할 수 있다.

부장검사들은 검사를 바꿀 능력은 안 된다.

"그들을 불러서 뭐, 사건을 무마하지 말라고 명령이라도 내리란 말인가?"

"아니죠. 그게 아닙니다."

"아니야?"

"부정한 청탁이 들어올 게 예상되니 그걸 고발하라고 하면 그만입니다."

"음? 고발?"

"청탁은 예상하고 있지 않습니까? 그들은 그걸 받을 사람들이고요."

만일 그들에게 부정한 청탁이 들어갈 거라고 이야기하면서 그럴 경우 고발하라고 명령한다면?

"그건 불법 사찰이 아니지요."

사찰은 개개인을 감시하는 활동을 말한다.

하지만 이건 감시가 아니다.

대통령이 부하에게 법을 지키라고 요구한 것뿐이다.

"하지만 그걸 받아들이는 입장에서는 극도로 부담스러울 수밖에 없습니다."

당연하게도, 그렇게 된다면 그들은 청탁이 들어오는 순간 증거를 확보해서 제출할 수밖에 없다.

상부에서 청탁이 들어오리라 예상되니 법을 따라 달라고 요청한 이상, 본인이 예의 주시 당하고 있다는 느낌을 받을 수밖에 없기 때문이다.

"감시할 필요는 없습니다."

그 명령 하나만으로도 충분하다.

물론 그래도 무시하는 놈이 있을 수는 있다.

"그럴 때를 대비해서 쓸 만한 게 바로 제3의눈입니다."

"제3의눈?"

"각하께서 감시를 명령할 필요는 없지요. 부정부패를 감시하는 제3자가 있으니까요."

그리고 실제로 감시가 이루어지고 있다는 뉘앙스만 슬쩍 풍겨 줘도, 그들은 절대 청탁을 들어주지 못한다.

"단순히 들어주지 못하는 걸 넘어가죠. 청탁 내용을 모조리 고발하는 수밖에 없습니다."

물론 대통령이 식물 대통령이고 의회에서도 무시당하는 상황이라면, 그들도 철저하게 대통령을 무시할 것이다.

"하지만 각하께서는 솔직히 물통령은 아니지 않습니까?"

그는 주변에서 뭐라고 하든 합법적인 영역에서는 피를 볼 준비가 되어 있는 사람이고, 실제로 정치적으로 많은 피를 흘렸다.

"누차 말씀드리지만 아무리 식물 대통령이라고 해도 누군가를 크게 성공시킬 수는 없지만 누군가를 망하게 할 수는 있습니다."

그리고 박기훈은 아직 임기가 많이 남았다.

"검사들이 아무리 노력해도 정당한 명령에 대해서는 거부할 수가 없지요."

"흠."

노형진의 말에 박기훈은 혀를 내둘렀다.

사실 그렇게 조사 중인 사건이 한두 개도 아니기에 그걸

다 추적하고 조사하려면 불법 사찰 말고는 답이 없었다.

그러나 노형진은 그 대신에 그 모든 사건의 종착지 하나만을 대상으로 합법적인 명령을 내리라고 하는 거다.

"다른 사람에게는 전화하지 않을 거라고 생각하나?"

"누구한테 말씀이십니까? 대한민국 검찰총장요?"

"하긴, 턱도 없는 소리군."

지금 검사들에게 가장 큰 원한을 사고 있는 사람이 바로 대한민국 검찰총장이다.

상대적으로 어린 나이에 검찰총장이 되면서 연공서열을 무시하고 대놓고 자기 위에 있던 사람들을 나가라고 했던 사람이고 박기훈이 임명한 자다.

그런 사람에게 청탁이 가당키나 한가?

그렇다고 그 사이에 누군가가 있는 것도 아니다.

명령으로 검사의 사건을 재배당할 수 있는 자는 검찰 내부에서도 기껏해야 백 명 정도다.

"그리고 그들은 눈치를 볼 수밖에 없습니다."

한꺼번에 수십 명의 국회의원들에게서 압력이 들어올 게 뻔하다.

전화로는 안 되니까 직접적으로.

"바보가 아닌 이상에야 국회의원들과 각하 중에서 한쪽을 선택해야 한다는 걸 알겠지요."

"하지만 국회의원을 선택했다가는 자칫 탄핵 대상이 되리라는 것도 알겠군."

청탁은 불법이지만, 불법행위에 대한 대통령의 신고 명령
은 합법이다.

"좋아, 마음에 들어."

박기훈은 미소를 지으며 말했다.

"하지만 물론 이건 공식적으로 비밀로 해야 합니다."

"걱정하지 말게. 그들도 바보는 아닐 테니까."

박기훈은 질질 끌려 나갈 국회의원들을 생각하면서 진한
미소를 지었다.

⚖

'이런, 돌겠네.'

한 지방의 검사장이면 어지간한 국회의원들은 다 알고 지
낸다.

특히 서울 중앙 지검의 검사장이라면 다 알고 지낸다고 봐
도 무방하다.

"저희 의원님께서는 이번 사건을 잘 무마해 달라고 부탁하
셨습니다."

그 말과 함께 눈앞에 놓이는 상자.

안에는 흔한 자양 강장제 박스가 보였다.

그러나 그 박스 안에 들어 있는 것이 자양 강장제 따위가

아니라는 것을, 그는 아주 잘 알고 있었다.

그게 맞다면 포장이 이미 뜯겨 있을 이유가 없지 않은가?

'젠장, 내가 왜 하필이면 서울 중앙이야.'

그에게 집중적으로 청탁이 들어오는 이유는 간단하다.

대부분의 사건이 서울에서, 그것도 중앙에서 벌어졌기 때문이다.

대부분의 국회의원들은 서울에서 산다.

특히 강남을 선호하는데, 강남의 관할이 다름 아닌 서울 중앙 지검이다.

그러니 서울 중앙 지검장인 그에게 집중적으로 청탁이 들어올 수밖에.

"이러지 말게나. 나도 곤란해."

전에는 서울 중앙 지검장이라고 하면 승진을 위한 로열 코스였다.

하지만 지금은 청와대 비서관이 집중적으로 그를 관찰하고 있는 상황.

심지어 대통령이 직접 명령으로, 불법행위가 들어오면 바로 증거를 수집하고 고발하라고 했다.

'환장하겠네.'

얼마 전 대통령 비서실에서 온 사람은 자신의 신분을 증명하며 말했다.

-지금은 혼란스러운 시기입니다. 사칭을 통한 범죄인 석방을 시도하는 무리도 있고요. 그래서 각하께서는 걱정이 많으십니다. 혹시나 위계를 통해 범죄를 은닉하거나 무마하려고 하는 사람이 있다면 바로 이야기해 주시기 바랍니다.

아주 합법적인 명령이다.

어찌 보면 당연한, 지키지 않으면 자신에게 문제가 되는 일이다.

더 큰 문제는, 이 비서관이 바보가 아니라는 것.

-혹시 몰라서 해당 문제를 저희 쪽에서 녹음해도 되겠습니까?

녹음에 들어간다는 건 한쪽에서 그걸 곡해해서 떠들거나 할 가능성을 막겠다는 의미, 즉 자신을 믿지 못한다는 또 하나의 증명이었다.

'젠장.'

대통령이 검사장을 믿지 못한다.

그걸 욕할 수도 있는 일이지만, 그렇다고 해서 그게 아주 심각한 문제가 되는 것은 아니다.

중요한 건, 대통령은 이미 자신을 믿지 못하는데 자신이 순순히 제보할 거라 믿고 그냥 두겠느냐는 것.

"별거 아닙니다. 그냥 영양제인데요, 뭘. 부담 없이 드세요."

그러나 지금 찾아온 남자, 소광대는 그러한 사정도 모르고 검사장에게 계속 상자를 내밀었다.

검사장은 애써 상자를 받지 않으려고 했다.

이건 받으면 나중에 분명 큰 문제가 생길 돈이니까.

"이러지 마시라니까요. 저도 곤란합니다."

"하하, 별거 아닙니다."

"저는 별거입니다. 그냥 도로 가져가세요."

"에이, 우리 사이에 뭘 그리 걱정하십니까?"

눈치도 없이 계속 상자를 들이미는 소광대.

"잘 부탁드립니다."

심지어 받지 않자 아예 상자를 둔 채 자리에서 일어나서 나가려고 한다.

그 모습을 본 검사장은 긴 한숨을 내쉬었다.

"잠깐만요."

"하하하, 왜 그러시죠?"

소광대는 자신을 부르는 검사장을 돌아보며 미소를 지었다.

'그러면 그렇지.'

돈 싫다는 놈은 본 적이 없다.

더군다나 이 돈은 문제 될 게 전혀 없도록 특별히 신경 썼다.

그러니 당연히 받아 줄 거라 생각했다.

하지만 검사장은 생각이 좀 달랐다.

어찌어찌 올라온 검사장의 자리. 선배들처럼 헛짓거리 하다가 인생을 날려 보낼 생각은 없었다.

"아무나 좀 들여보내."

소광대를 잡아 놓고 인터폰을 눌러서 말하는 검사장.

잠시 후 수사관들이 안으로 들어왔다.

"이분을 뇌물 공여죄로 체포해."

"네?"

소광대는 움찔했다.

"자…… 잠깐? 검사장님?"

"증거는 여기에 있고……."

"잠깐만요, 검사장님. 이건 오해가……."

"그건 나중에 수사하면서 풀겠습니다."

검사장은 마음을 굳혔다.

"전임 검사장과 같다고 생각하시면 큰 오산입니다. 저는 신념이 있는 사람입니다."

그는 그렇게 말하면서 박스를 뒤집어서 쏟았다.

그러자 5만 원짜리 지폐가 마구 뿌려졌다.

"고작 돈으로 저를 어찌하려고 하다니 참, 기가 막혀서. 끌고 가."

"검사장님, 잠깐 저랑 말씀 좀……. 검사장님, 검사장님! 제 매형, 곽상득 의원입니다!"

소광대는 끌려가면서 다급하게 외쳤지만 검사장은 그저

손을 흔들 뿐이었다.

증거로 수사관이 돈까지 가지고 간 후에 검사장은 자신의 의자에 앉아서 머리를 부여잡았다.

"더러운 시기에 걸렸네, 진짜."

짜증을 부리는 그때 인터폰이 울렸다.

─검사장님, 윤열 의원님 보좌관님이 오셨는데요.

"또 말입니까? 아니, 그냥 돌아……! 아닙니다. 들어오라고 하세요."

검사장은 아예 만나지 않으려 하다가 마음을 다르게 먹었다.

"그래, 이왕 이렇게 된 거, 확실하게 줄을 잡자."

그는 대통령이라는 줄을 잡기로 마음먹었다.

퇴직금은 셀프

    단시간 내에 수십 명의 보좌관들이 체포당했다.

    그들은 와서 협박을 하기도 했고 돈을 주기도 했다.

    그러나 이미 대통령의 경고를 들은 각 검사장들은 그들을 현장에서 바로 체포했다.

    당연하게도 그 뉴스는 빠르게 퍼졌다.

    -현직 의원들의 보좌관 긴급체포. 필리버스터 중인 의원들의 보좌관이 대부분

    -곽상득 의원, 자신은 아는 바 없어. 보좌관 독단적으로 벌인 일

    -윤열 의원, 극대로. "나는 보좌관을 그렇게 키운 적 없다."

    -검사장에게 주려고 했던 뇌물들

-지폐의 디자인 변경을 막기 위해 필리버스터까지 하는 국회의원. 그리고 그들의 보좌관이 내놓은 추적 불가능한 돈

"눈 가리고 아웅도 적당히 해야지. 참, 국민들이 붕어 대가리인 줄 아나?"

오광훈은 연일 터지는 뉴스를 보면서 혀를 끌끌 찼다.

바보도 아니고 이런 뉴스를 보고 과연 누가 필리버스터 하는 국회의원들이 순수하고 깨끗하다고 믿겠는가?

"이렇게 될 줄 알았냐?"

"알았으니까 내가 함정을 판 거겠지?"

"와, 독한 새끼."

오광훈은 검찰청 내부에서 노형진과 이야기하면서 혀를 내둘렀다.

"뭐, 정치랑 검찰의 규칙을 알면 어렵지 않아. 수십 년을 그렇게 공생해 왔는데 이제 와서 하루아침에 그런 관계가 사라지겠어?"

"정치하는 사람들도 바보는 아니잖아. 그런데 이걸 이렇게 걸린다고?"

"지능의 문제라기보다는 타성의 문제지."

지금까지 그래 왔으니 앞으로도 당연히 그럴 거라 생각했던 것.

"사실 대통령이 미리 이야기하지 않았으면 검사장들이 어

느 쪽에 줄을 섰을 것 같냐?"

"하긴, 그러네."

검사장들은 분명 대통령이 아니라 국회의원들 쪽으로 줄을 섰을 것이다.

"그나저나 이번에 저들을 만나서 뭐 하려고? 이미 입 꽉 다물고 있는데."

"이런 경우는 대부분 소위 말하는 배달 사고라 할 수 있지."

정치적 배달 사고가 나는 경우 책임은 모두 보좌관이 진다.

정치인들은 그런 식으로 자신들의 권력을 유지했다.

"뭐, 일부는 설득하면 사실을 말한다고 하겠지만⋯⋯."

노형진은 어깨를 으쓱했다.

"그게 얼마나 걸릴지도 알 수가 없고."

이런 사건은 초기에만 반짝 뉴스가 나가고 대부분 쉬쉬하게 된다.

그래서 대부분 눈 가리고 아웅으로 끝난다.

하지만 노형진은 생각이 좀 달랐다.

"사실 말하지 말라고 만나는 건데?"

"응? 그게 무슨 소리야?"

"말하지 말라고 하려고 만나는 거라고."

노형진은 씩 웃으며 말했다.

"두고 봐. 상황이 아주 재미있게 굴러가게 될 테니. 후후후."

호경수는 국회의원 윤열의 보좌관이었다.

주로 더러운 일을 담당하는.

'결국 이렇게 되는구나.'

그는 변호사 대면실의 의자에 앉아서 멍하니 천장을 바라보았다.

국회의원이 되고자 하는 꿈 하나만을 가지고 투신했다.

하지만 어느 순간 더러운 일을 하고 있었고, 결국 사달이 나고야 말았다.

'선배들처럼 처리되겠지.'

죽는다거나 그런 건 아니다.

하지만 모든 죄를 뒤집어쓰고 감옥으로 가게 된다.

부정? 안 먹힌다.

자신의 잘못이 아니라고, 국회의원이 시킨 거라고 항변한 사람이 없었던 것은 아니다.

하지만 이미 답은 나와 있었고 그가 하는 그 어떤 항변도 소용이 없었다.

변호사도 그랬다.

변호사 역시 그냥 인정하라는 투였고, 따로 변호사를 고용해도 그는 일주일도 가지 않아서 그만뒀다.

"후우~."

호경수는 얼굴을 문지르면서 한숨을 쉬었다.

아마도 오늘 올 변호사 역시 죄를 인정하라고 할 것이다.

자신이 선임한 건 아니지만 국회의원이 선임한 사람일 게 뻔했다.

그런데 그 변호사가 들어왔을 때 호경수는 어안이 벙벙해졌다.

"노 변호사님?"

"절 아시네요?"

"아니, 그게…… 지금 가장 때려죽이고 싶어 하는……. 아, 미안합니다."

"하하하, 괜찮습니다. 저도 그럴 거라고 생각하거든요."

노형진은 웃었지만 호경수는 이해가 가지 않았다.

'뭐지? 왜지? 왜 이 사람이 온 거지?'

자신의 입을 막고 설득하기 위해 사람을 보낼 거라는 사실은 알고 있었다.

하지만 다른 사람은 몰라도 노형진은 절대 아니다.

일단 노형진은 국회의원이 가장 싫어하는 변호사이기 때문이다.

더군다나 소문에 따르면 지금의 필리버스터를 초래한 사람이 노형진이라는 이야기가 있다.

즉, 디자인 변경을 통해 감춰진 돈을 강제로 꺼내도록 한 것이 바로 노형진이다.

그런데 자신에게 보낼 리가.

"저기, 혹시……?"

"윤열 의원이 보냈냐고요? 아닙니다."

노형진은 예상이나 한 듯 대답했다.

"하지만 할 말이 있어서 왔습니다."

"어떤 말요?"

"죄를 인정하세요."

호경수는 눈을 찌푸렸다.

"그러니까 제가 죄를 뒤집어쓰라 이겁니까?"

"그렇습니다."

호경수는 화가 났다.

노형진은 그래도 바른 변호사라고 들었다.

정치적 대립 관계이기는 하지만 국회의원을 위해 자신의 인생을 망가트리는 그런 사람은 아닐 거라고 생각했다.

그런데 다짜고짜 죄를 인정하라니?

"싫습니다."

"당연히 싫겠지요. 그걸 '네.' 하고 받아들이면 그게 병신인 거죠."

"알면서 왜 그런 소리를 하라는 겁니까?"

"일단 설득하기 위해서죠."

"설득?"

"이런 경우에 어떻게 되는지 아시죠?"

"후우~ 알죠. 아주 잘 알죠."

뭘 해도 답은 정해져 있다.

물론 검찰이 내부에서 바뀌어서 안 그렇다는 이야기도 있지만.

'문제는 증거가 없다는 거지.'

그의 상관은 철저하게 증거를 인멸하는 사람이다.

당연히 아무리 파고들어도 제대로 된 증거가 나오지는 않는다.

"자, 이제부터 설득의 시간입니다."

노형진은 그걸 알기에 미소를 지었다.

"간단하게 말씀드리지요. 퇴직금은 챙겨야 하지 않겠습니까?"

"윤열 의원이 돈을 준다고 하던가요? 얼마나 준다던가요? 1억? 2억?"

보통 그랬다.

그렇게 돈을 받고 잠깐 감옥에 갔다 온다.

당연히 정치라는 풍운의 꿈을 가지고 투신했던 사람은 이미지가 그렇게 망가지고 정치인으로서의 미래는 박살 난다.

"그게 아니죠."

그런데 노형진은 손가락을 세워서 흔들었다.

"그가 이룩한 모든 것."

"무슨 말씀이십니까?"

"윤열 의원 말입니다. 뇌물이 적지 않을 텐데요?"

"그거야……."

말은 하지 않지만 윤열이 가진 돈은 절대로 적지 않다.

호경수가 아는 것만 해도 매년 수십억이다.

그리고 그걸 대부분 현금으로 쟁여 둔다.

해외로 반출하거나 자금 세탁을 하는 게 쉽지 않기 때문이다.

"그 돈에 대한 권리를 말씀드리는 겁니다."

"그 돈에 대한 권리……라고요?"

"그렇습니다. 어차피 당신의 변호사 비용이나 당신에게 줄 돈이나 당신을 엮기 위해 판검사들에게 줄 돈은 모두 거기서 나올 겁니다. 안 그런가요?"

"그렇겠지요."

"그러니까 그걸 퇴직금으로 챙기시죠."

"네?"

호경수는 눈이 커졌다.

진짜 생각도 못 한 말이 튀어나왔으니까.

"어차피 주인 없는 돈 아닙니까?"

"그게 왜 주인이 없습니까? 윤열 의원이 가진 돈인데."

"그게 걸렸을 때 윤열 의원이 '이건 내 돈입니다.'라고 말할 수 있을까요?"

당연히 그 돈은 자기 돈이 아니라고 할 수밖에 없다.

"그러니 그 돈을 호경수 씨가 자기 돈이라고 하는 거죠."

"그러면요?"

"그걸 가지고 검찰과 협상하시는 겁니다."

검찰과 협상을 통해 일부 자산을 내놓고 그 대신에 선처를 부탁한다.

사실 이러한 협상은 한국에서는 불법이지만 알게 모르게 벌어지고 있다.

"많은 재벌가들이 쓰는 방법이지요."

재벌가에서 문제가 생기면 재산을 출연해서 사회에 환원하겠다고 한다.

그리고 법원을 통해 선처를 받는다.

그 후에는?

당연히 재산을 내놓지 않는다.

어쩔 수 없이 내놔야 하는 경우에는 재단을 하나 만들어서 그 재단에 내놓는데, 사실상 자기가 그 재단을 관리하면서 결국 재산을 내놓지 않는 효과가 나타난다.

"그러지 마시고 아예 기부하시는 겁니다. 미혼모 시설이나 기타 필요한 곳에 말입니다. 그러면 검찰 입장에서도 선처의 핑계가 되지요."

호경수는 눈을 데굴데굴 굴렸다.

분명 가능하기는 하다.

그도 정치인 시다바리 노릇하면서 수십 번을 본 수법이니까.

"하지만 그 돈이 어디에 있는지 저는 모릅니다."

윤열은 바보가 아니다.

더러운 일을 맡기지만 그렇다고 해서 호경수를 믿는 건 아니다.

윤열에게 있어서 호경수는 쓰다 버리는 패에 불과하니까.

"현금으로 엄청나게 쌓아 두는 것은 알고 있습니다만."

그러나 그 돈을 어디에 두는지는 모른다.

그 위치를 말해 줄 리가 없다.

이번에 검사장에게 주기 위해 가지고 간 돈 역시 호경수가 아니라 윤열이 가지고 온 거다.

자신은 그에게서 받아서 나른 것뿐이다.

"저뿐만이 아니라 대부분 그럴 겁니다. 국회의원들에게 보좌관은 그냥 사용하다 버리는 패일 뿐이니까요. 아닌 사람은 소광대 정도일 테고요."

소광대야 친인척 관계로 엮여 있는 만큼 곽상득은 그를 믿을지도 모른다.

"알고 있습니다. 그래서 제가 소광대 씨가 아니라 호경수 씨를 찾아온 거구요."

노형진은 순순히 인정했다.

지금 이 순간에도 소광대는 오해라면서 아무런 말도 하지 않고 있다.

아마 직감적으로 자신의 매형을 보호해야 한다고 느끼고 있는 걸지도 몰랐다.

"호경수 씨가 도와주신다면 전 그곳의 위치를 알아낼 수 있습니다."

"알아낼 수 있다고요?"

"네."

노형진은 가방에서 어떤 서류를 꺼내 펜과 함께 그의 앞에 놓았다.

"저를 변호인으로 선임해 주세요. 그러면 제가 그 위치를 알아내 드리죠."

"으음…… 그런데 그러면 제가 뭐가 좋은 거죠?"

"어차피 정치인이 되시는 건 글렀지요. 법적인 처벌을 받고 나면 취업도 쉽지 않으실 겁니다. 안 그런가요?"

호경수는 입술을 깨물었다.

틀린 말은 아니다.

물론 윤열이 입을 닥치는 조건으로 어느 정도 돈을 주겠지만, 사실 한꺼번에 들어오는 돈이라는 점 말고는 이득이 없다.

그리고 그가 주는 돈은 기껏해야 1억 정도.

세상으로 나가면 가게 하나 열지 못하는 돈이다.

"하지만 검찰과 이야기해서 양형 거래를 하면 이야기가 달라지지요."

충분한 보상을 한다면 검찰은 적은 형량을 내릴 테고, 그러면 법원에서 집행유예를 선고할 수 있게 된다.

"그리고 당신 돈이라고 한 만큼 남은 건 당신이 가지게 되는 겁니다."

호경수의 눈이 커졌다. 그건 생각해 본 적이 없었으니까.

"내 돈이라고요?"

"그렇습니다. 윤열 의원은 그걸 달라고 할 수 없지요."

자기 돈이 아니라고 했으니까.

"하지만 그걸 순순히 넘겨줄 리가 없지 않습니까."

노형진은 씩 하고 웃었다.

"양형 거래를 한 후에도 아마 못해도 수십억은 남을 겁니다. 안 그런가요?"

호경수는 고개를 끄덕거렸다.

"윤열 의원이 달라 하면, 그냥 주세요."

"네?"

"주시라고요."

"방금 퇴직금이라고……."

"퇴직금 받았으면 당연히 못 받은 보너스도 받으셔야지요."

노형진은 싱글벙글 웃으며 말했다.

"말씀하신 것처럼 윤열 의원은 분명 그 돈을 돌려 달라고 할 겁니다. 당연히 그 과정에서 협박이 동원될 테고요."

조용히 달라고 한들 인생이 박살 난 호경수가 그걸 쉽게 줄 리 없다.

당연히 윤열은 온갖 협박을 통해 그 돈을 되찾아 가려고 할 거다.

"그걸 보통 강도라고 합니다."

"강도요?"

"그렇습니다."

그리고 현행법상 강도죄는 3년 이상의 징역이다.

국회의원이 3년 이상의 징역을 받으면 당연히 그의 커리어는 끝장난다.

"보복요? 누가 보복해 주는데요?"

이미 미래가 없는 그다.

돈은 빼앗겼고, 강도범이라는 전과가 생겼으며, 못해도 3년간 감옥에 갔다 왔는데 그를 국회의원으로 뽑아 줄 사람은 없다.

그의 지역구가 있겠지만 그 자리를 노리는 사람이 한두 명일까?

"더군다나 피해 금액이 한두 푼도 아닐 텐데요."

강도로 수십억을 빼앗았다?

강도죄는 3년 이상의 징역이다.

즉, 그 정도 빼앗으면 5년이나 7년 형도 가능하다는 거다.

"물론 그 정도로 극단적으로 나오지는 않습니다만."

확실한 건, 그 정도면 정치인으로서 윤열의 미래는 끝이라는 거다.

"어, 음. 그러면 변호사님은 뭐가 유리합니까?"

"제게 좋은 건 없습니다만, 그 대신에 국민들이 살기 편해지겠지요."

국가에 귀속된 돈은 사회로 나올 테고 호경수 역시 그 돈을 자신이 쓰게 될 것이다.

"그리고 윤열 같은 의원들이 필리버스터를 하는 걸 알게 된다면 사람들은 어떻게 생각할까요?"

"그건…… 그러네요."

사람들은 윤열이 엄청난 민주 투사인 것으로 알고 있다.

실제로 그는 한때 민주화 운동을 한 적이 있다.

하지만 변절했고, 오로지 돈과 권력만을 좇아왔다.

당장 그가 속한 민주수호당은 지폐 디자인 변경에 우호적이지만 윤열만은 결사적으로 그걸 막으려고 하는 것만 봐도 알 수 있다.

"뭐, 정치인 뒷바라지를 하시던 분이니 길게 말씀드리지 않겠습니다. 그 돈이 시중에 풀리면 나타날 효과는 아시죠?"

호경수는 고개를 끄덕거렸다.

부정한 사람이 아니라면 절대로 손해 볼 게 없는 일.

"좋습니다. 어차피 이렇게 된 거, 나라도 살아야지요. 그러면 제가 여기다 사인하면 되겠습니까?"

"네."

노형진은 씩 웃으며 말했다.

⚖

노형진이 호경수를 비롯한 보좌관들에게 의뢰서를 받으러

다닌 데에는 이유가 있었다.

그건 그가 찾아가면 국회의원들이 만나 주지 않을 게 뻔하기 때문이다.

호경수의 말마따나 당장 그들이 때려죽이고 싶은 사람을 고르라고 한다면 아마도 1순위가 노형진일 테니까.

하지만 자신의 보좌관의 변호사라고 하면 아무래도 부담스럽다.

'다른 사람이라면 모르겠지만 나는 부담스럽지.'

다른 변호사라면 힘으로 입을 닥치게 만들 수도 있지만 노형진은 아니다.

그러니 어쩔 수 없이 만날 수밖에.

'그리고 그게 기회야.'

노형진은 윤열을 만나서 악수를 청하며 웃었다.

"이렇게 뵙고 싶지는 않았습니다, 의원님."

"크험험, 그래서 내게 하고 싶은 말이 뭔가?"

"오? 단도직입적으로 나오시네요."

"남이 저지른 일을 내가 왜 책임지나?"

노형진은 그렇게 말하는 윤열의 손을 놓지 않았다.

"그러시면 곤란하지요, 더러운 일을 다 한 게 보좌관인데. 사실 그 막대한 뇌물을 가져다준 것도 보좌관이 하는 일 아니었습니까?"

"무슨 소리야? 뇌물이라니? 난 모르네."

'이런 미친 새끼.'

노형진이 악수를 계속하는 이유는 간단하다.

그와 관련된 기억을 읽어 내기 위해서였다.

그런데 그 내용이 터무니가 없었다.

'쌓아 둔 돈이 무려 85억?'

공식적으로 공개된 윤열의 재산은 35억이다.

그런데 현금으로만 85억?

심지어 그 공개된 재산도, 단 3년 만에 그렇게 몇 배가 뛴 거다.

'아주 대놓고 박박 긁으셨구만.'

노형진은 그렇게 생각하면서 윤열을 바라보았다.

"그런 헛소리를 하던가, 자기가 내 뇌물에 대해 안다고? 헛소리하지 말라고 전해 주게나. 알기는 뭘 알아?"

"하지만 나름의 증거가 있습니다만?"

"거짓말하지 말게. 그런 건 다 조작된 증거야."

정확하게는 조작이라고 주장하면 판사가 받아 줄 게 뻔하다.

물론 노형진은 애초에 그런 증거를 내놓을 생각도 없었다.

"뭐, 그러시다면 저는 이만 가지요."

"응?"

노형진이 너무 쉽게 물러나자 윤열은 도리어 당황했다.

그는 온갖 심리 싸움을 예상하고 있었는데 이제 볼일 다 봤다고 간다니?

"저는 협상을 원하지만 의원님은 그게 싫으신 것 같으니 제가 여기서 시간을 끌어 봐야 무슨 의미가 있습니까?"

"협상? 무슨 협상?"

"의원님께서 죄를 다 인정하시고 뇌물로 받은 돈을 국가에 환원하시는 거요."

"무슨 소리인가? 난 그런 거 받은 적 없다니까."

"네네, 그러시겠지요."

노형진은 힐끔 시계를 보고는 몸을 돌렸다.

애초에 앉지도 않았으니 일어날 필요조차 없었다.

"제가 좀 바빠서요."

노형진이 그렇게 나가 버리자 윤열은 뒤에서 그런 그의 뒷모습을 멍하니 바라보았다.

노형진은 걸음을 옮기는 와중에 명단을 확인하면서 중얼거렸다.

"그러니까 다음 의원이……."

⚖️

얼마 후 기자들은 또 다른 대박에 즐거운 비명을 질렀다.

"저희는 그동안의 죄를 인정하고 그동안 모은 돈의 4분의 3을 국가에 자진 납세하기로 하였습니다. 그동안 정치적 혼란을 이용해서……."

사실 모든 정치인들이 돈을 현금으로 가지고 있는 것은 아니었다.

 하지만 실제로 그런 사람들은 보좌관들이 그 돈의 위치와 금액을 언론과 검찰에 공개했고, 그중 4분의 3을 제공하는 것으로 합의했다.

 당연히 검찰과 법원은 선처를 약속했다.

 그리고 그건 그렇잖아도 화폐 디자인 변경을 통한 개혁을 원하던 국민들의 마음에 기름을 붓고 불을 지른 꼴이 되었다.

 ─씨발. 보좌관이 몇백억대 자산을 가지고 있다면 국회의원들은 대체 얼마나 쌓아 두고 있는 거야?

 ─5만 원권 60%가 사라졌다고 하더니 어디로 갔는지 잘 알겠네.

 ─디자인 변경을 거부하는 저 새끼들은 아마 수천억은 쌓아 두고 있겠지.

 극도로 화가 난 민심. 거기다가 주변을 조여 들어오는 경찰까지. 국회의원들은 이러지도 저러지도 못하는 상황이 되었다.

 그리고 결국 사달이 나고 말았다.

 "장 의원 어디 갔어?"
 필리버스터는 끊임없이 이어져야 한다.

당연히 각자에게 정해진 시간이 있고 그 시간을 채워 줘야 한다.

그런데 장 의원이라는 중견 의원 한 명이 사라졌다.

"장 의원뿐만이 아니야. 현 의원, 백 의원 그리고 용 의원까지 사라졌다고."

한두 명도 아니고 무려 네 명이다.

그들은 다음 필리버스터 순서였고, 그들이 빠지면 남은 사람들이 갑자기 스물네 시간 이상을 버텨야 한다.

"모르겠습니다. 연락도 안 되고."

"연락이 안 된다고? 그게 말이나 돼?"

필리버스터를 하던 의원들은 입이 바짝바짝 말랐다.

이렇게 지랄 발광을 해도 사실상 언젠가 디자인 변경에 대한 법률을 통과시킬 수밖에 없는 상황이다.

"도대체 어디로 간 거야?"

다들 당황해서 몇 번이나 전화를 걸어 보았지만 누구도 받지 않았다.

그때 누군가 그랬다.

"설마 이 새끼들, 어디로 뛴 거 아냐?"

"뛰다니?"

"돈을 빼돌리거나 다른 걸로 자산화하려고 하는 거 아니냐고!"

"어?"

"그러고 보니……."

지금까지 필리버스터를 포기한 사람들에게는 공통점이 있었다.

바로 보좌관들이 갑자기 터트려서 돈을 통째로 **빼앗겼다**는 것.

그들은 지킬 돈이 사라지자 의욕이 없다면서 그대로 필리버스터에 참석하는 걸 포기해 버렸다.

죽어라 필리버스터를 해 봐야 욕만 더 먹으니까.

그들의 입장에서는 이 모든 게 허망하리라.

적게는 수십억, 많게는 100억 가까이 털려 이미 정신이 반쯤 나가 버렸을 테니.

그런데 오늘 연락 두절된 자들은 보좌관들이 아직 돈을 터트리지 않은 부류였다.

다들 입으로는 대한민국의 경제를 걱정하니 어쩌니 하지만 사실은 감춰 놓은 돈을 잃어버리게 될까 봐 그러는 거라는 걸 안다. 다만 모른 척할 뿐.

그들은 지금까지 동료 의원들이 돈을 탈탈 털리는 것을 두 눈 똑바로 뜨고 볼 수밖에 없었다.

그러니 그 두려움에 서로의 약속보다는 자신의 돈을 안전하게 지키는 걸 우선시하게 된 것이다.

그러나 일부 여전히 돈을 쥐고 있는 사람들이 있었다.

"필리버스터는 어떻게 해서든 이어 가야 합니다!"

"우리의 힘을 보여 줍시다!"

"정의는 승리한다는 걸 알려 줘야 합니다."

하지만 그들의 공허한 외침은 그 누구에게도 그 어떤 감정도 전달하지 못하고 있었다.

"결국 필리버스터는 실패했군."

"애초에 실패할 수밖에 없는 일이었습니다."

대부분의 의원들이 도망가고 남은 한 줌도 안 되는 자들이 필리버스터를 이어 가려고 했지만 그게 제대로 될 리가 없었다.

더군다나 지속적으로 터지는 범죄 혐의에 필리버스터는커녕 나오면 잡아가겠다고 경찰이 밖에 죽치고 앉아 있어서 제대로 연설도 할 수가 없었다.

당연히 당황한 부패 국회의원들은 다른 의원들에게 다급하게 방탄 국회, 즉 임시국회를 열 것을 요구했지만, 바보가 아닌 이상에야 그 요구가 받아들여질 리 없었다.

그럼에도 최종적으로 필리버스터는 성공했다.

한 사람 한 사람이 목이 쉬어라 떠들며 시간을 끌었으니까.

하지만 국회가 끝나자마자 그들은 모조리 경찰에게 끌려갔고, 남은 사람들은 당연하게도 임시국회를 열어서 법을 통과시켰다.

"조만간 새로운 디자인이 나올 걸세. 원하는 사람이 있나?"

"제가 원하는 사람으로 해 주실 건 아니지 않습니까?"

"후보를 모으는 거지."

"후보라……."

노형진은 박기훈의 말에 고민하다가 간단하게 말했다.

"제 개인적인 생각은 김구 선생님과 유관순 열사입니다."

"김구 선생님하고 유관순 열사?"

"이상하지 않습니까? 전 세계에 많은 나라의 화폐가 있습니다. 그들의 화폐를 보면 1순위는 단연 국가의 영웅이지요."

당연한 거다.

그 나라의 모든 국민들이 써야 하는 화폐다. 그런데 아무나 올릴 수는 없다.

물론 영웅이 아닌 사람들도 있기는 하다.

그런 경우 보통 한 나라의 군주나 혹은 상징적인 사람을 넣는다.

"그런데 대한민국의 화폐는 유독 조선 시대에만 머물러 있습니다. 왜 그렇다고 생각하십니까?"

"그런가? 그렇군. 유독 한국의 화폐는 조선 시대 사람들만 올라가 있군."

한국의 화폐에는 여러 사람이 나오는데 백 원짜리 동전에는 이순신이, 천 원권에는 이황이, 오천 원권에는 이이가, 만 원권에는 세종대왕이, 5만 원권에는 신사임당이 들어가 있다.

대한민국의 역사가 그리 짧은 것도 아님에도 불구하고 말이다.

"뭐, 이건 제 사견입니다. 공식적인 의견이 아니라는 점을 알아주시기 바랍니다."

"그러지."

"저는 개인적으로 너무 과도한 눈치 보기의 결과가 아닐까 생각합니다."

"과도한 눈치 보기?"

"상식적으로 근대 대한민국의 지폐를 만든다면 가장 가까이에 있는 영웅부터 생각해 봐야 합니다. 그러면 당연히 시작은 독립운동가분들이지요. 그런데 왜 독립운동가들이 빠졌을까요?"

"끄응, 일본."

"아시겠지만 대한민국은 수십 년간 친일파의 지배를 받았습니다."

노형진이 일본을 몰락시키고 그들 역시 몰락시키기 전까지, 사실 대한민국 정치나 경제 부분에서 그들의 영향력은 절대적이었다.

심지어 일본의 스파이가 대통령까지 할 수 있을 정도로 말이다.

"그들은 독립운동가 출신의 영웅들이 마음에 들지 않은 겁니다."

"그래서 유독 조선 시대 사람들만 뽑았다?"

"그렇습니다. 조선이 500년의 역사를 가진 왕조이기는 하지만 결국 일본에 쓰러진 나라이지요."

"흠······."

"아실지 모르겠지만 5만 원권이 만들어질 당시 국민들 사이에서 들어갈 영웅으로 추천을 가장 많이 받은 건 김구 선생님이었습니다."

그런데 뜬금없이 신사임당이 되었다.

물론 신사임당이 영웅이 아니라는 것은 아니다.

그녀는 그 시대에 깨어 있던 여성이었고, 또한 자식을 잘 교육시킨 훌륭한 어머니였다.

"하지만 그 당시 여론하고는 전혀 맞지 않았지요."

사실 그 당시 후보는 주로 김구 선생님이나 유관순 열사 그리고 안중근 열사 등 독립운동가들이 주류를 이뤘다.

그런데 뜬금없이 갑자기 전혀 상관없었던 신사임당이 선발된 것이다.

"여성 영웅이 필요했다면 유관순 열사도 가능하지요."

"그 말은?"

"전적으로 일본의 눈치를 본 결정이라는 겁니다."

박기훈은 참담함에 말을 이을 수가 없었다.

나라의 지폐를 만드는데 왜 굳이 다른 나라, 그것도 사실상 적성국인 나라의 눈치를 본단 말인가?

"그래서 저는 이번에 변경되는 화폐 디자인에는 꼭 독립운동가가 들어가야 한다고 생각합니다."

다른 나라의 눈치를 보지 않는다는 점에서도 그 부분은 중요하다.

"또한 그러한 행동으로 남은 친일파를 걸러 낼 수도 있겠지요."

숨어 있는 친일파는 그걸 극도로 혐오할 테니까.

"나쁘지 않은 생각이야. 독립운동가라……."

"네. 뭐, 어차피 법이 바뀌었으니까 종종 이렇게 디자인 변경이 일어날 겁니다."

사실 사람들이 잘 모를 뿐 디자인 변경은 조금씩 있어 왔다.

위인이 바뀌거나 하지는 않았지만 새로운 복제 방지 기술이 나오면 그걸 적용하곤 했다.

그래서 한국의 복제 방지 시스템은 사람들에게 널리 알려지지 않은 것도 많이 있을 정도로 상당히 복잡하다.

"일단은 국민들에게 투표로 물어야겠지만요."

"하긴, 그래야 정당성이 부여되겠지."

박기훈은 고개를 끄덕거렸다.

"그러면 자네는 이제 손을 뗄 건가?"

"전 다른 일이 좀 있습니다."

"다른 일?"

"털어먹을 인간이 좀 생겼거든요, 후후후."

노형진은 그 반짝거리는 대머리가 붉게 물들어 갈 장면을 상상하며 씩 웃을 수밖에 없었다.

지금 세탁은 세탁기가 안 한다

　범죄자들이 돈을 은닉하는 방법은 여러 가지지만 보통은 네 가지로 나뉜다.

　첫째, 이번에 한국을 발칵 뒤집었던 것처럼 지폐를 쌓아 두는 것.

　둘째, 금괴나 예술품 또는 보석 같은 현물로 바꿔서 쌓아 뒀다가 나중에 현금화하는 방법.

　셋째, 국채 등 무기명의 증권으로 보관하는 방법.

　넷째, 그 돈을 소위 말하는 자금 세탁을 거쳐서 깨끗한 돈으로 만들어서 쓰는 방법이다.

　그리고 노형진이 노리는 것은 그러한 자금 세탁을 위한 자금이었다.

자금은 보통 범죄 자금을 기업을 통해 투자금으로 바꿔 다른 기업에 투자한 뒤 배당금으로 돌려받는 식으로 세탁하는데, 그렇게 하면 돈이 법적으로 깨끗하게 정리돼서 범죄자가 당당하게 쓸 수 있게 된다.

　　이건 가장 기초적인 방법이고, 그러한 자금 세탁을 해 주는 업체나 범죄자는 넘치고 넘쳤다.

　　"전환우의 비자금요?"

　　"그래, 그걸 한번 노려 볼까 하는데. 로버트 생각은 어때요?"

　　"전환우가 누굽니까?"

　　"아, 로버트는 모르겠군요."

　　노형진은 로버트에게 한국의 근현대사와 전환우에 대해 설명해 줬다. 그러자 로버트는 당황해서 되물었다.

　　"국민들에게 총질을 했다고요?"

　　"헬기까지 동원해서 사격했습니다."

　　"킬링 필드 같은 거군요."

　　"맞습니다."

　　"그런데 그런 사람을 살려 두다니. 한국은 때로는 이해가 가지 않습니다."

　　"그만큼 권력이 대단한 거죠."

　　노형진은 그렇게 말하면서 쓰게 웃었다.

　　"일단 중요한 건, 그가 대부분의 자산을 해외로 반출해서 자금 세탁해 놨다는 겁니다. 아마 못해도 수천억은 되지 않을까 생각하고 있습니다만."

"그렇겠지요. 그러지 않으면 물가 상승률을 감당하지 못할 테니까요."

현금으로 숨겨 둔 돈도 적지 않은 게 사실이겠지만 대부분의 돈은 자금 세탁을 해 두는 게 유리하다.

현금 같은 경우는 아무래도 물가의 상승률을 감안하면 마이너스가 발생할 수밖에 없기 때문이다.

게다가 세탁한 돈을 통해 추가로 돈을 더 벌 수 있다.

그래서 많은 이들이 오히려 70%에 달하는 범죄 수익을 잃어버리는데도 자금 세탁을 하는 것이다.

"스위스 은행이나 홍콩 은행 쪽은 이미 정보를 공개하고 있으니까."

비밀은행이라고 불리던 스위스 은행이나 홍콩 은행은 시대가 바뀌면서 결국 비밀주의를 포기할 수밖에 없었다.

각 나라의 교류가 많아지고 스위스 은행 등을 통해 범죄자들이 수익을 보전하자 해외에서 스위스에 대한 압력이 강해졌고, 결국 경제제재 이야기까지 나오게 되었다.

스위스 은행 등에서 나오는 돈이 스위스를 지탱하는데 그 돈이 대부분 범죄 자금이라는 이유에서였다.

홍콩 은행의 경우는 홍콩의 주인이 영국에서 중국으로 넘어가면서 풀리게 되었다.

중국에도 어마어마한 부패범들이 있었는데, 그들이 가장

가까이에 있는 홍콩 은행을 세탁용으로 쓰지 않을 리가 없었기에 중국 정부는 당연히 홍콩을 반환받은 후에 자료를 요구했다.

물론 홍콩 은행은 주고 싶지 않아 했지만, 영국과 다르게 중국은 시키는 대로 하지 않으면 바로 죽여 버리는 공산주의 국가다.

결국 한번 무너진 비밀주의는 돌이킬 수 없었기에 그렇게 두 비밀주의 은행들로부터 비밀이 새어 나가고 말았다.

"그런데 전환우의 자금은 거기서도 발견되지 않았거든요."

"그래요? 뭐, 특이한 일은 아닙니다만."

스위스 은행은 비밀주의를 포기하기 전 주요 인물들에게 해당 사실을 고지했다.

그 주요 인물들이란 당연히 돈을 많이 예치한 사람들이었고, 그들 중 그 돈이 문제가 되는 사람들은 공개하기 전에 재빨리 돈을 빼 버렸다.

당연히 전환우 역시 그 돈을 빼돌렸을 것이다.

"제 생각은 이렇습니다. 그 돈이 은행에 있는 게 아니라 투자 형태로 되어 있다면 어떻게 해서든 가지고 올 수 있지 않을까 하는 거죠."

"그 정도 돈이 없으신 건 아니지 않습니까? 전환우라는 사람이 미스터 노 정도의 투자 실력을 가지고 있다고 보기도 힘들고요."

로버트는 이해가 가지 않는다는 듯 물었다.

"최초 투입 금액이 어느 정도인지 알 수는 없지만 마이스터 정도의 능력이 아니라면 기껏해야 준수한 수준의 순이익을 자랑했을 겁니다."

여기서 말하는 준수한 수준의 수익률은 연 10% 정도.

그 이상의 수익률을 낼 수 있는 천재적인 투자 전문가들이 없는 것은 아니지만, 그들이 굳이 위험을 부담해 가면서 더러운 돈세탁에 끼어들 이유는 없다.

"많아 봐야 1조 정도일 텐데. 미스터 노는 그거 버는 데 얼마 걸리지도 않지 않습니까?"

노형진은 고개를 끄덕거렸다. 이건 로버트의 말이 맞다.

"맞는 말씀입니다만, 제가 돈만 바랐다면 변호사로서 생활하지는 않을 겁니다."

"하긴, 이해가 가네요."

노형진의 돈이면 아예 도시 하나를 새로 꾸며도 될 정도다.

하지만 여전히 노형진은 그 정도의 돈을 가진 부자라고 생각하지 못할 정도로 평범한 삶을 살아가고 있다.

물론 빌라에 살고 10년 된 중고차를 끄는 그런 사람은 아니지만, 다른 부자들과 비교하면 1년 내내 쓰는 돈이 그들이 하루에 쓰는 돈도 안 된다.

"저는 대한민국이 바로 서기를 원합니다. 그리고 그 꿈은 어느 정도 이루어졌고요. 하지만 역사를 제대로 마무리 짓지 못하면 결국 무너져 버리겠지요."

"그 말에는 동의합니다. 그러면, 제가 어떻게 해 드리면 되겠습니까?"

"제가 재무 쪽 전문가는 아니지만, 그 돈을 추적할 수 있을까요?"

"추적이야 돈만 주면 가능하지요. 물론 불법적인 방법을 써야 합니다만."

"그건 상관없습니다."

자금 세탁 방법을 국가에서 모를까?

아니다. 다 안다.

하지만 그럼에도 불구하고 추적하지 못하는 건, 국가는 법에 묶여 있기 때문이다.

자금 세탁을 하다 보면 결국 제3자가 그 돈의 주인이 되는 순간이 있는데, 그걸 강제로 빼앗는 것은 어떤 나라도 불가능하다.

특히 외국인이라면 말이다.

당연히 법적인 과정을 거쳐서 그 나라의 동의를 얻어서 압류해야 하는데, 이미 그때쯤이면 그 돈은 또 다른 자금 세탁을 거치기 때문에 회수가 안 되는 것이다.

"하지만 전 상관없죠."

노형진은 어깨를 으쓱하며 말했다.

"전 국가가 아니니까요."

과정이고 나발이고, 그냥 최종적인 주인만 알아내면 된다.

그 과정에서 영장을 청구하는 게 아니라 그런 정보를 거래하는 정보 상인에게 돈 주고 사면 된다.

"가능하면 빨리 정리해 드리겠습니다."

"네, 가능하면 빨리 부탁드립니다. 국민들의 피와 눈물 위에서 권력을 유지하는 꼴을 더는 못 보겠거든요."

노형진의 눈에서는 불꽃이 이글거리고 있었다.

⚖️

추적은 얼마 걸리지 않았다.

사실 금융 전문가들은 그런 사람들을 알음알음 알고 있는 데다가, 전환우가 권력을 쥔 시기와 스위스 은행에서 자금이 나오던 시기를 조사하면 그때 어떤 브로커가 움직였는지 흔적이 나올 수밖에 없기 때문이었다.

사실 그 정도 자금을 처리할 수 있는 브로커는 많지 않았다.

몇만 또는 몇십만 달러 정도면 모르지만, 몇백만 몇천만 달러의 돈은 움직이는 것만으로도 국가들의 관심을 끌 수밖에 없다.

"일단 두 사람이 의심스럽습니다. 한 사람은 조나단 마커. 전환우가 권력을 잡고 있던 시기에 세탁해 준 것으로 보입니다. 그 시대에는 유명했던 자금 세탁 딜러입니다."

"의심 사항은 있나요?"

"그 시기에 한국에 자주 들어갔습니다."

"한국에?"

노형진은 고개를 갸웃했다.

그 당시의 한국은 상당히 폐쇄적인 나라였다.

물론 외국인을 배척하고 그런 분위기는 아니었지만, 길거리에 외국인이 있으면 사람들이 신기하다고 쳐다볼 정도의 나라였다.

그 정도로, 외국인들도 한국이라는 나라에 대해 몰랐던 시기라는 뜻이다.

전환우가 물러날 당시에 서울에서는 올림픽이 있었는데, 그때까지 대한민국이라는 나라를 몰랐던 사람들이 대부분이었다.

"그렇습니다. 기록은 그렇게 되어 있네요."

"그 당시의 그 조나단 마커는 상당한 힘을 가지고 있었겠군요."

"네, 공식적으로 CIA와도 일한 기록이 있으니까요."

"공식적으로? 그런 기록이 공식적으로 있다고요?"

"미국은 기밀을 영원히 묶어 두지 않습니다. 물론 그런 정보도 있지만, 중요하지 않다고 생각하는 자료들은 30년이 지나면 풀지요."

그러한 자료 중에 일부 업무를 같이했다는 기록이 있다는 거다.

실제로 매년 그렇게 비밀이 해제되는 자료들을 조사하는 직업을 가진 사람들도 있다.

"흠, 자세한 내용은 나와 있지 않지만 CIA가 전환우에게 소개시켜 준 것으로 보이는군요."

노형진은 고개를 끄덕거렸다.

"사실 그럴 가능성이 높기는 합니다. 전환우는 미국과 아주 친했으니까요."

정확하게는 미국에 잘 보이기 위해 전환우가 몸부림을 쳤다는 것이 맞는 말일 것이다.

그 이전 대통령이 미국 몰래 핵 개발을 한 사건은 널리 알려져 있었고, 그 사후에 전환우는 쿠데타를 통해 권력을 잡았다.

그리고 당시에 미국의 승인을 얻기 위해 그는 핵 개발을 포기한다고 약속했다.

그 당시 한국은 가난한 나라였고 미국의 보호가 없으면 정상적으로 세계 무대에 들어갈 수가 없었기 때문에 미국에서 자신의 권력을 인정받는 것이 전환우로서는 최우선이었으니까.

"하긴, 그 당시에 미국이 전환우가 그렇게 돈을 빼돌린다는 걸 몰랐을 리가 없겠지요."

노형진은 전혀 생각하지 않고 있던 미국과 전환우의 관계에 대한 자료가 나오자 혀를 끌끌 찼다.

'생각해 보면 당연한 거지.'

대한민국의 전시 작전권은 미국이 가지고 있다.

그 말은 전시만 아니면 한국이 작전권을 가지고 있다는 걸로 보이지만, 사실 여기에는 함정이 하나 있다. 전시 작전권을 제대로 행사하려면 결국 부대의 평시 상황을 미국이 알고 있어야 한다는 거다.

'그 대학살에 대해 미국이 몰랐을 리가 없지.'

하루 이틀 사이에 벌어진 것도 아니고 언론까지 나서서 이야기하고 외국인 기자가 취재까지 해서 내보냈던 걸 미국이 몰랐을 리가 없다.

물론 미국은 다른 나라에 내정간섭을 할 수 없다는 핑계로 벗어났다고는 하지만, 현실적으로 미국이 그러한 학살을 알면서도 방치한 부분은 있다.

사실 아무리 전환우가 미쳤다고 해도 미국에서 하지 말라는 말 한마디만 하면 그는 멈출 수밖에 없었다.

그럼에도 불구하고 군을 동원해서 몇 주에 걸쳐서 광주에서 학살을 벌였다는 것은, 미국이 그 학살에 동의했다고 봐야 한다.

"그리고 그 후에 말씀하신 대로 스위스 은행의 비밀 유지가 풀릴 때 한 사람이 등장합니다."

"그 사람은 아직도 활동하고 있겠군요."

"스위스 은행의 비밀 유지가 풀린 지는 얼마 안 됐으니까요. 마리나 한센이라는 여자입니다."

노형진은 고개를 끄덕거렸다.

사실 사람들이 잘 모르는 게, 이런 브로커 업계에는 여자들이 제법 많다.

일단 여자라는 점 때문에 상대방을 방심시키기도 쉽고 외모가 뛰어나다면 당연히 미인계 같은 것도 가능하니까.

"하지만 이건 어디까지나 공식적인 이름이고요. 진짜 누구인지는 알 수 없습니다."

"네?"

이건 또 뭔 소리인가? 이름은 알아냈는데 그 존재에 대해서는 모른다니?

"마리나 한센이라면서요?"

"그래서 이상한 겁니다. 어느 순간 사라졌거든요. 심지어 과거의 활동 내역도 없습니다."

"사라졌다?"

"갑자기 나타나서 막대한 자금을 이동시키고 그대로 사라졌습니다."

노형진은 눈을 찌푸렸다. 그건 말이 안 되기 때문이다.

수천만 달러가 왔다 갔다 하는 게 바로 이러한 브로커들의 세계다.

당연히 그런 사람들은 어느 정도 이름이 있다.

물론 일반인들 사이에서 유명하다는 건 아니다.

하지만 최소한 조사하면 어떤 활동을 하고 있는지 정도는 나와야 한다.

세상에 어떤 사람이 전혀 활동하지 않은 브로커에게 수천만 달러의 자금 세탁을 맡기겠는가?

"CIA에서 작업해 준 걸까요?"

"CIA에서 준 자료입니다만? 그리고 현실적으로 본다면 CIA에서 미스터 노에게 그럴 리가 없지요."

노형진은 고개를 끄덕거렸다.

CIA는 비밀리에 필요한 자금을 노형진의 정보로 만들어 내고 있는데, 노형진은 그걸 모른 척해 주고 있다.

그러니 그쪽에서 정보를 속인다면 그들을 몰아내는 건 어렵지 않은 일이다.

게다가 이제는 퇴물이 되어 버린 동아시아의 권력자는 CIA에게 그다지 큰 도움이 안 된다.

"그러면 기존 세력이 아닌 다른 쪽 세력의 도움을 받았다는 건데……."

노형진은 턱을 문질렀다.

"혹시 사진 있습니까?"

"네, 있습니다. CCTV에서 추출한 거지만."

로버트는 노형진에게 사진을 한 장 건넸다.

선글라스를 쓰고 있는 서구적인 금발의 미인.

"확실히 이상하군요."

"너무 젊지요?"

"네."

물론 브로커가 다 늙은 건 아니다.

하지만 위에도 언급했다시피 경험이 없는 사람에게 그 많은 돈을 맡기는 사람은 없다.

선글라스를 쓰고 있다고 해도 미인이라는 건 알 수 있었다. 그렇다면 미인계?

'하지만 전환우가 과연 고작 미인계에 넘어갈까?'

애초에 그 돈이 움직인 시기는 전환우가 성관계가 가능할까 할 정도로 나이가 먹은 때이고, 돈이 있으면 더 예쁜 여자들도 부를 수 있다.

그런데 미인계에 넘어가서 일을 맡긴다?

"결국 다른 사람 아래에서 일한다는 건데."

그럴 가능성도 있다.

자신을 드러내는 걸 극도로 싫어하는 게 브로커니까.

'하지만 그래도 CIA의 눈길을 피하기는 힘들 텐데.'

CIA가 바보도 아니고, 스위스 은행이 비밀주의를 포기한다면 미국 내 범죄자들과 테러 혐의자들 그리고 마약 상인들도 거기서 돈을 빼낼 거라는 걸 알 텐데, 돈을 찾기 위해 움직이는 사람들을 모른 척할 리가 없다.

그런데 미국도 모른다?

'말이 안 되는데.'

생각해 보면 미국뿐만이 아니다.

스위스 은행이 갑자기 '내일부터 우리는 비밀주의를 포기하겠습니다.'라고 한 것도 아니고, 미리 이야기하고 포기한 거다.

당연히 한국을 비롯한 각 나라들이 모두 그곳에 관해 신경을 곤두세우고 있어야 했다.

그런데 그런 돈이 어디로 새어 나갔는지 모른다?

"로버트가 봤을 때 그 정도의 능력을 가진 자금 세탁 브로커가 있습니까?"

"그런 능력을 가진 자금 세탁 브로커⋯⋯."

로버트는 잠깐 고민했다.

그러나 이내 고개를 흔들었다.

"힘들죠. 지금은 서류로 작업하는 시대도 아니고요. 기본적으로 자금 흐름은 대부분 잡힙니다."

다만 그 자금 흐름을 잡는 것과 그걸 되찾는 건 전혀 다른 문제이기 때문에 골치가 아픈 거다.

노형진도 가끔 하는 말이지만 돈에는 국적이 없다.

한국에서 전환우가 빼돌린 돈은 우리나라에서는 범죄 수익이지만 다른 나라에서는 투자금이 된다.

어떤 나라든 자기 나라에서 투자금이 나가는 것을 좋아하지는 않는다.

그래서 찾는 게 힘든 거다.

"그런데 이 보고서에는 아예 추적이 끊어졌다고 되어 있는데요?"

"정확하게는 그레나다에서 끊어졌습니다."

"그레나다라……."

세상에는 아주 많은 나라가 있다.

한국 사람들은 대한민국이 아주 작은 나라라고 생각하지만 사실 대한민국보다 큰 나라보다는 작은 나라들이 많다.

그레나다도 그런 나라 중 한 곳으로, 한국으로 치면 강화 정도의 면적으로 가지고 있고 인구는 10만 명 정도밖에 되지 않는다.

"그런 나라들은 확실히 국가를 유지하기 힘들죠."

자본이 많은 것도 아니고, 자원이 많은 것도 아니며, 또한 인재가 넘치는 것도 아니다.

그렇다면 그런 나라들은 필요한 돈을 어떻게 얻을 것인가?

"그런 곳들은 결국 스위스 방식을 선택하게 되더군요."

비밀리에 돈을 감춰 주고 대신에 그 돈으로 수익을 창출하는 것.

그런 나라들이 흔하게 쓰는 방법이다.

"하지만 이해가 안 가는데요."

노형진은 고개를 갸웃했다.

"스위스조차도 세계 각국의 압력에 굴해서 비밀주의를 포기했습니다. 그런데 그레나다 같은 작은 나라가 버틴다고요?"

정상적인 국가라면 그런 자금 세탁을 위한 돈을 추적하려고 노력하는 게 일반적이다.

미국만 해도 그 정치적 부담이 어마어마한데 전 세계에서 내려오는 압력을 무시한다?

그것도 큰 나라도 아니고 작은 나라가?

"어떻게 생각하십니까?"

노형진의 말에 로버트는 담담하게 말했다.

"제 경험상 이런 정도의 문제라면 다른 나라가 끼었다고 봐도 무방하지요."

다른 나라, 즉 개인 브로커가 돈을 돌린 게 아니라 국가 단위에서 나서서 돈을 돌려 자국 내에서 보호하고 있다는 소리다.

"국가 단위라고 한다면……."

노형진은 머릿속이 복잡해졌다.

실제로 그런 경우가 종종 있다.

물론 국가가 진짜로 나서서 그러는 건 아니다.

하지만 국가를 운영하는 권력자들이 그런다면, 사실상 국가가 그런다고 하는 것과 똑같다.

당장 일본의 자금을 한국에서 세탁하려고 했던 경험에 비추면 국가라고 해서 안전한 것은 아니다.

'하지만 미국이나 다른 나라의 압력에 저항하는 것은 무리일 텐데?'

노형진은 곰곰이 생각에 빠졌다.

'중국? 중국은 아니야. 중국으로 돈을 빼돌리면 100% 털린다고 봐야지.'

중국은 신의가 없는 나라다.

비하가 아니라, 실제로 중국의 속담 중에 속인 놈이 잘못이 아니라 속은 놈이 잘못이라는 말이 있을 정도로 그들은 신망이 없다.

실제로 중국에 들어가서 전 재산을 털리고 온 사업가들이 한두 명이 아니기도 하고 말이다.

'아무리 생각해 봐도 중국일 리는 없어. 범죄자들이 그런 중국에 돈을 맡길 리가 없지.'

그러면 다른 나라인데, 문제는 미국과 전 세계의 압력과 싸워야 하며 동시에 다른 나라에 그 정도의 압력을 줄 수 있어야 하는 곳이라는 거다.

노형진은 머릿속을 정리하다가 사진으로 시선을 돌렸다.

그 순간 한 가지 가능성이 떠올랐다.

"러시아."

"러시아라고 생각하십니까?"

"러시아라면 가능하지요. 지금 러시아는 사정이 좋지 않으니까요."

러시아는 사실상 독재국가로 운영되고 있다.

다른 나라를 침략하기도 하며 군사 강국으로 일어나기 위해 몸부림치고 있다.

그러나 현실은 그렇게 호락호락하지 않다.

다른 나라를 침략하는 등 군국주의를 보이는 러시아를 유럽과 미국 등이 좋아하지 않다 보니, 워낙 강대한 군사력 때문에 대놓고 싸우지는 못하지만 온갖 방법으로 경제제재를 가해서 러시아의 경제는 상당히 불안정하다.

그렇다고 해서 러시아가 다른 나라들과 싸워서 이길 수 있느냐 하면 그것도 아니다.

러시아가 군사력이 강한 것은 사실이지만 미국에 비할 바아니며, 만일 전쟁이 벌어지면 지형상 미국뿐만 아니라 유럽과도 싸울 수밖에 없는 극단적 세계대전의 형태가 되어 버린다.

그만큼 지금 러시아는 군사력은 강하지만 돈이 없다.

"금발의 미녀라……."

서구형의 미녀다. 그리고 러시아는 백인들의 나라.

"그리고 한국은 의외로 러시아와 친하지요."

유럽이나 미국 등은 러시아를 적성국 취급하지만 한국은 그러기에는 주변에 적이 너무 많다.

대한민국 주변에 있는 중국과 일본 그리고 러시아.

중국은 대놓고 대한민국을 속국 취급하며, 일본은 과거의 영광에 사로잡혀서 한국에 지독한 자격지심을 가지고 있다.

그나마 러시아가 다른 두 나라보다는 심리적으로 한국과 가깝다.

좋은 나라는 아니지만, 중국이나 일본보다는 직접적인 피해를 준 경우가 적기 때문이다.

"확실히 러시아라면 그레나다가 꼼짝도 못 할 수 있겠네요."

전 세계에서 그레나다에 압력을 가하지만 그래도 물리적 압력이나 경제적 압력을 가하는 것은 아니다.

하지만 러시아는?

"러시아산 홍차는 조심해야지요."

러시아는 다르다. 그들은 대놓고 암살한다.

실제로 어떤 사람이 홍차를 먹고 죽었는데 그는 러시아의 독재에 반대하던 사람이었다.

더 웃긴 건, 그 사람이 먹고 죽은 게 사람들이 생각하는 일반적인 독약이 아니라 방사능이라는 거다.

그걸 누군가 원한을 가진 개인이 구할 수 있는 방법은 없으니 국가 단위에서 구했다는 뜻이고, 그걸 할 만한 나라는 러시아뿐.

"대놓고 협박하는 나라니까요."

우리를 거스르면 죽여 버리겠다, 그게 러시아의 방식이다.

그걸 알고 있는 그레나다 입장에서는 러시아의 압력을 무시할 수 없으리라.

"알아볼 수 있겠습니까?"

"방향만 알면 가능할 겁니다."

로버트는 고개를 끄덕거렸다.

"러시아 쪽을 한번 집중적으로 파 주세요. 어떤 결과가 나올지 궁금하네요."

그리고 예상이 맞다면 아마 그곳에 뭔가 있을 거라는 느낌이, 노형진에게 강하게 들고 있었다.

"러시아에 의심스러운 회사가 하나 있습니다. 라스베뜨무역이라는 곳입니다."

"라스베뜨무역?"

"그렇습니다. 러시아 물품 수출 거래 회사인데, 한국이 주 거래 대상입니다. 라스베뜨는 한국어로는 새벽을 뜻하지요."

노형진은 눈을 살짝 찡그렸다.

물론 수출 거래 대상이 한국인 건 이상할 게 없다.

사실 한국과 러시아의 물량 거래는 생각보다 많으니까.

"그런데 뭐가 이상하다는 거죠?"

"수익률이죠. 아무래 그래도 이 정도로 손해를 각오하고 판다는 건 말이 안 되거든요."

한국의 기업에 대부분의 수익을 몰아주는 형태로 계약이 진행되어 있다는 것.

"그리고 그 한국 회사 이름이 광명물산입니다."

"하."

노형진은 헛웃음이 나왔다.

새벽과 광명. 미묘하게 연관성이 있는 의미다.

그리고 광명물산은…….

"전환우의 아들이 일하는 곳이지요."

하지만 멀쩡한 기업이기에 정부에서는 손대지 못하고 있다. 외견상 말이다.

당연히 전환우의 아들 역시 일견 거기를 멀쩡하게 다니고 있다.

'그런데 월급이 330만 원인데 최고급 승용차를 끌고 다니지.'

심지어 회사에서 지원해 주는 차량이다.

'역시 그렇군.'

세탁한 자금을 현금으로 돌려받을 수는 없다.

법에 의해 압류될 테니까.

그렇지만 이런 식으로 한다면 충분히 돌려받을 수 있게 된다.

"일단 명의상의 사장에게 판매하라고 해 볼까요?"

실제로 그런 식으로 몇 번이나 사건을 해결한 노형진이기에 로버트는 이번에도 그런 방법을 쓸 거라 생각했다.

하지만 노형진의 생각은 좀 달랐다.

"아니요. 이번에는 그런 방법이 안 먹힐 겁니다."

"네? 어째서요?"

"전환우는 살인마니까요."

비공식적이기는 하지만 그는 최소 수백 명을 끔찍하게 살해한 잔혹한 살인마다.

비록 증거가 없다지만 그가 국민들을 모조리 탱크로 밀어 버리라고 한 것은 누구나 다 아는 공공연한 비밀.

"기존에 있던 명의자에게 판매를 강요한 것들은 그 이후에 명의자가 추적이 불가능하다는 걸 감안한 것입니다."

그리고 쉽게 죽이지도 못할 거라는 걸 알고 한 것이다.

"하지만 전환우는 다르지요. 그는 이미 사람을 죽여 봤고, 처음보다는 두 번째, 세 번째가 더 쉬운 법이니까요."

"하지만 그것도 옛날이야기 아닙니까? 물론 그에게 충성하는 충성파가 있다는 건 들었습니다만, 이제는 퇴물이 된 사람 아닌가요?"

노형진은 고개를 흔들었다.

"설마 이 정도 되는 돈을 세탁하는 게 단순히 브로커 한두 명의 힘으로 되겠습니까? 아마도 러시아에서 도와줬을 겁니다. 사진 속의 여자는 러시아의 요원일 가능성이 아주 높지요."

로버트는 잠깐 고민하는 듯했다.

그러나 이내 고개를 끄덕거렸다.

금발의 미녀는 슬라브 계통의 사람이라는 건데, 러시아인은 슬라브 계통이다.

"러시아라……. 건드리기가 애매하네요."

"그들은 다른 나라의 눈치를 보지 않으니까요."

다른 나라를 무력으로 침공해서 땅을 빼앗고, 그러한 행동에 대해 전 세계가 항의하고 경제제재를 가하고 있음에도 불구하고 눈 하나 깜짝하지 않는다.

심지어 다른 나라로 망명한 자국 내 민주 운동가들에 대해 대놓고 암살 작전을 실행하는 게 러시아다.

대통령에 반대하던 정적은 다른 나라에서 일반에서는 구할 수 없는 방사능 홍차를 마시고 죽었고, 러시아 내에서 조금이라도 푸틴에 반대하면 길거리에서 총을 맞는다.

다른 나라로 망명해도 그건 마찬가지.

심지어 러시아는 대놓고 암살의 증거를 흘려 둔다.

이유는 간단하다.

저항하면 죽인다는 걸 각인시키기 위해서다.

"애석하게도 그건 우리도 마찬가지입니다. 우리가 라스베 뜨무역에 손댄다면 저야 정체를 모르니 어쩌지 못한다 해도 로버트에게는 보복할 가능성이 높습니다."

만일 다른 나라의 대통령 같은 사람이라면 모를까, 한 기업의 전문 경영인이라면 살해할 방법은 많다.

"부담스럽군요."

"네, 그리고 러시아는 제가 보복할 방법도 마땅치 않고요."

알게 모르게 전 세계에서 경제제재를 가하고 있는데도 불구하고 버티고 있는 게 러시아다.

그런 곳에 노형진이 경제적 보복을 가한다는 건 실익이 없다.

애초에 러시아와 손잡고 투자한 곳은 거의 없으니까.

"그러니 다른 방법을 찾아야 합니다."

"하긴, 러시아는 상황이 그렇게 좋지 못하니까요."

세계적으로 티가 나지 않을 뿐 러시아의 전체적인 상황은 최악이라고 봐도 무방하다.

러시아의 부는 미국만큼이나 한쪽으로 편중되어 있다.

그리고 부패도 어마어마해서, 국제 투명성 기구의 조사에 따르면 러시아에서 부패로 소모되는 실질 비용이 3천억 달러 수준이라고 추측하고 있다.

한화로 300조라는 건데, 한국의 1년 예산이 그 정도 된다.

심지어 간접적으로 발생하는 비용도 아니고 직접적으로 지급되는 뇌물의 비용이라는 점을 생각하면, 러시아에서는 사실상 뇌물이 없으면 아무것도 하지 못한다고 봐야 한다.

"제가 보기에 가장 좋은 방법은 투자입니다."

"투자라고요?"

"그렇습니다. 투자를 통해 전환우의 입김을 줄이는 것이지요."

"하지만 투자를 받을까요?"

로버트는 고개를 갸웃했다.

투자를 받는다는 것은 확실히 위험한 행동 중 하나다.

노형진이 말한 대로 까딱 잘못하면 회사를 빼앗기기 때문이다.

그 유명한 와이플의 사장조차도 투자를 받았다가 결국 자신이 만든 회사에서 해직당하기까지 했었다.

"확실히 그렇지요. 제가 한다고 하면 받아 주지 않을 겁니다."

노형진은 고개를 끄덕거렸다.

"그런 기업들은 외부의 투자를 받아들이지 않습니다."

애초에 그런 기업들의 목적은 돈을 버는 게 아니라 자금 세탁이다.

그래서 다른 사람들이 끼어드는 것을 극도로 싫어한다.

"미스터 노뿐만이 아니라 다른 기업에서 투자를 이야기해도 절대 해 주지 않을 겁니다."

투자자가 많다는 건 여러모로 위험하다.

주식을 가지고 있으면 기업 내부를 볼 수도 있으니까.

"러시아에서도 안 좋아할 테고요."

노형진은 빙긋 웃었다.

그건 맞다. 하지만 만일 다른 조건이라면?

"저는 좀 다르게 생각합니다만."

"외부의 자금이 들어와서 기업의 자금을 빼 가는 걸 러시아에서 싫어할 텐데요?"

"그건 그렇지요. 하지만 그 자금이 러시아에서 유통된다면 어떨까요?"

"무슨 말씀이신지요?"

"러시아가 전환우의 자금을 자국 내에 두려고 하는 것은 경제가 망했기 때문입니다."

생각보다 상황이 좋지 않아서, 그 돈이 더러운 돈이라는 걸 알면서도 유치해야 할 만큼 러시아의 상황이 안 좋은 거다.

"이 세계의 더러운 돈의 규모는 어마어마하니까요."

노형진이야 전환우의 돈에 대해서만 이야기하고 있지만 세계적으로 더러운 돈은 한 나라의 예산 이상의 수준이다.

그러니 다급한 러시아로서는 그걸 흡수할 수밖에 없다.

"제가 그 회사를 가지겠다고 한 건 한국으로 그 돈을 가지고 온다는 의미가 아닙니다. 어차피 저는 정부가 아니니까요."

국가라면 당연히 그걸 추징해서 자국 내로 가지고 오려고 한다.

그리고 러시아는 그걸 막으려고 할 거다.

"하지만 러시아 내부에 자금을 돌린다면 어떨까요?"

"내부에 돌린다?"

로버트는 잠깐 침묵을 지켰다.

머릿속으로 그로 인한 여러 가지 파생 가능성을 분석하고 있는 것이다.

그리고 한 5분쯤 지나자 그는 빙긋 웃었다.

"러시아는 전환우를 버리겠군요."

"정답입니다."

러시아가 전환우의 돈을 보호하는 이유는 그 돈이 자국 내에서 돌게 하기 위해서지, 전환우가 중요하기 때문이 아니다.

애초에 전환우는 다른 나라의 독재자이고 퇴물이다.

그 나라에서 실질적으로 영향을 미칠 수 있는 가능성은 높지 않다.

물론 여전히 지지 세력이 있다지만 그 반대 세력이 워낙 강세이기 때문에, 그들이 대놓고 전환우를 다시 밀어주는 그런 건 꿈도 꾸기 힘들다.

"더군다나 후계 문제도 있고요. 전환우의 핏줄이 다시 권력을 잡는 건 불가능하죠."

애초에 전환우를 밀어주는 세력도 그가 바른 사람이기 때문이 아니라 자신들이 권력을 잡기 위한 도구로써 그의 지지가 필요하기 때문일 뿐이다.

"그렇다고 해서 전환우가 러시아에 망명해서 정보를 넘기거나 하는 건 불가능합니다."

전환우의 망명을 받아 주는 순간 대한민국과는 단교를 각오해야 하는데, 전환우에게는 그럴 만한 가치가 없다.

사람들이 잘 모를 뿐이지 러시아는 한국과 제법 국제 교역량이 많은 편이다.

그런 모든 거래를, 고작 이제는 퇴물이 된 전직 독재자를 위해 포기할 리가 없다.

"그에 반해 저는 좀 다르지요."

적지 않은 돈을 러시아에서 돌리고 있는 전환우다.

하지만 노형진이 가진 돈에 비해서는 조족지혈일 수밖에 없다.

'아마도 전환우가 가진 돈은 1조가 넘기 힘들겠지.'

물론 과거에 빼돌린 돈은 그 정도가 아니겠지만, 시간이 지나서 그들이 가진 물건들의 가치가 올랐을 테니까.

"그들이 가진 돈은 그게 전부입니다. 하지만 저는 아니지요."

무서울 정도로 늘어나고 있는 노형진의 재산이다.

러시아 입장에서는 지금의 1조보다 나중에 들어올 가능성이 높은 100조가 더 소중할 수밖에 없다.

"한국군에서 한때 주한 미군의 역할에 대해 한 이야기가 있었습니다. 바로 인계 철선론이었지요."

주한 미군이 한국에 있는 건 사실 한국을 지키기보다는 한국 주변에 영향력을 행사하기 위해서다.

그런데 일부 장군들은 그걸 자기 마음대로 해석했다.

그들은 주한 민국이 한국에 있음으로써 그들을 건드리면 자연스럽게 미군이 참전한다는 인계 철선론을 주장했다.

물론 주한 미군은 그럴 생각이 전혀 없기에 그걸 항의해서 결국 군사교육에서 그 이론이 사라졌지만.

"그건 러시아도 마찬가지일 겁니다."

노형진의 돈이 러시아에 들어가 있다면 그 돈을 지키기 위해서라도 노력하는 수밖에 없다.

그 노력이라는 건 비상시에 자금을 투입하는 것.

"이미 들어와 있는 1조가 사라지는 것도 아니고 거기에 추가 비용이 더 들어올 수 있다면 러시아 입장에서는 군침이 돌 겁니다."

이것이 법이다

"허, 이건 생각도 못 한 방법인데요?"

"생각의 차이죠."

한국에서야 어떻게 해서든 그걸 회수하고 싶어 하겠지만 노형진은 그럴 이유가 없다.

"제 입장에서는 전환우와 그 일당이 그 돈만 못 쓰게 되면 되는 겁니다."

노형진은 히죽 웃으며 말했다.

"하지만 러시아 정부에 가서 '해당 기업에 투자하겠습니다.'라고 말하는 것도 좀 웃긴데요?"

엄밀하게 말하면 러시아 정부에서는 그걸 허락하고 자시고의 문제에 대해 선택권이 없다.

즉, 회사 측에서 거절하면 그걸로 끝인 거다.

"한국에는 이런 말이 있지요."

"어떤 말요?"

"법보다 주먹이라고 말입니다. 뭐, 일견 틀린 말은 아니지요."

물론 법조인으로서 노형진은 그런 말을 부정해야 한다.

하지만 현실적으로 사회생활을 하다 보면 일정 부분 인정할 건 인정해야 한다.

"실제로 그로 인해 사법시험에 떨어진 사람도 있고요."

사법시험이 있던 시절, 최종 면접에서 실제로 법보다 주먹이라는 말에 대해 면접관이 물어본 적이 있다.

다른 사람들은 법이 우선이라고 이야기했지만 단 한 명이 주먹이 우선이라고 이야기했다.

당연히 그는 떨어졌다.

"하지만 저는 다르게 생각합니다."

법이 우선이라는 건 이론이다.

또한 완성론이다.

법관 입장에서는 그게 당연해야 한다.

하지만 현실은 아니다.

법이 주먹보다 우선이라는 것은 유토피아만큼이나 불가능한 일이다.

제대로 된 질문은 '법이 우선이냐?'라는 질문이 아니라 '주먹이 우선시되는 현실을 어떻게 법 우선으로 바꿀 것이냐?'가 되어야 한다.

"하지만 판사들은 그걸 인정하기 싫은 거죠."

자신들에게는 누구도 주먹을 쓰지 않으니까.

그러니 법이 우선이겠지만, 불행히도 대부분의 사회생활은 주먹이 우선이다.

당장 회사의 선임이 온갖 인격 모독을 해도 저항하지 못하고, 성추행을 해도 신고하지 못하며, 내부 고발은 꿈도 꾸지 못하는 게 사회생활 아니던가?

법이 우선이라면 그런 건 상관없이 고발이 우선되어야 한다.

하지만 현실은 아니다.

"그 말씀은?"

"주먹, 그러니까 레드 마피아를 써먹어 볼까 합니다."

"레드 마피아요?"

"네. 그들은 전환우보다 확실한 주먹이지요."

전환우 아래에서 일하는 사람들은 좋아서 하는 것도 있지만 두려움도 있다.

전환우라면 킬러를 고용해서 자신을 죽일 거라는 걸 알기 때문이다.

"하지만 라스베뜨무역은 러시아 기업이지요."

"아하! 그렇군요."

그들도 분명 전환우에 대해 알 거다.

독재자 출신이라는 것도 알고, 사람을 죽인 살인마라는 것도 알 거다.

하지만 아무리 그래도 결국은 다른 나라에 있는 사람이다.

"그러나 러시아의 레드 마피아라면 이야기가 달라지지요."

레드 마피아는 러시아를 꽉 잡고 있다.

현직 러시아의 대통령이 레드 마피아를 소탕하겠다고 범죄와의 전쟁을 선포했지만 사실 그건 눈 가리고 아웅이었다.

"지금 살아남은 레드 마피아들은 현 정권과 친밀한 자들뿐입니다."

공식적으로 레드 마피아를 소탕한다고 했지만, 레드 마피아 중에서 현 정권에 대해 불만을 가졌거나 지지 세력이 아닌 자들만 소탕했다.

당연히 현 정권을 지지하는 추종 세력 마피아들은 그만큼 세력을 늘렸다.

"당연하다면 당연한 거죠."

애초에 레드 마피아라는 것 자체가 구소련의 군인들과 비밀 첩보 단체인 KGB 출신이 들어가면서 세력을 늘린 범죄 집단이다.

공산주의 국가에서 범죄 조직은 그렇게 대형화될 수가 없다.

법이고 뭐고, 찍히는 순간 끌려가서 총살당하니까.

하지만 소련이 무너지고 군대가 축소되면서 쫓겨난 군인들과 정부 요원들이 범죄 조직에 들어가면서 그렇게 세력을 불렸고, 시간이 지난 그들은 현재 레드 마피아의 중추가 되었다.

"아, 그렇겠네요."

레드 마피아를 통해 투자한다고 하면 그 정보는 자연스럽게 러시아 정부에 들어가게 된다.

"그리고 러시아에서 가까운 주먹은 레드 마피아죠."

한국의 독재자가 킬러를 보낸다, 죽인다고 말하는 건 와닿지 않는다.

하지만 레드 마피아가 찾아가서 그에게 죽음을 선고한다면?

"아무리 노력해도 러시아에서는 살아남지 못합니다."

"그 반대도 가능하지요."

레드 마피아가 관련되어 있다는 걸 알면서 과연 어떤 킬러가 암살에 끼어들까?

"하지만 투자해서 기업을 삼킨다고 해도 그게 손해라면 할 필요가 없지 않습니까?"

"손해를 볼 필요가 있나요? 합법적으로 운영하면 되는 겁니다."

"합법적으로요?"

"네. 애초에 우유의 냉장 배달 시스템을 만든 건 알 카포네 아닙니까?"

"하긴, 그러네요."

미국의 유명한 범죄자이자 희대의 살인마였던 알 카포네.

알려지지 않았지만 미국에서 처음으로 현대적 우유 배달 시스템을 만든 건 바로 그다.

밀주 사업이 정부의 압력으로 시원치 않자 대안으로 찾은 게 우유 배달 사업이었다.

그 이전만 해도 우유 배달은 마차를 이용했고 냉장은커녕 유통기한도 없었지만, 알 카포네가 그 모든 시스템을 만들었다.

"불법적인 돈이라 해서 우리도 그 돈을 불법적으로 돌릴 이유는 없습니다."

어차피 세탁되어 있는 돈이니까.

"러시아 쪽에 접촉할 수 있는 곳이 있습니까?"

노형진은 대놓고 물었다.

"러시아의 주요 기업들이 있습니다. 그들에게 확인해 보겠습니다."

"가능하면 빨리 하도록 하지요. 전환우가 알아차리기 전에 말입니다."

⚖️

얼마 후 노형진은 러시아의 모스크바에 도착했다.

그리고 그곳에는 누가 봐도 위험해 보이는 남자들이 마중 나와 있었다.

'기선 제압인가?'

노형진은 그들을 보면서 씩 하고 웃었다.

물론 다른 사람이라면 건장한 남자들의 살벌한 눈빛에 아마 기가 팍 죽을 것이다. 하지만 노형진은 그러기에는 경험이 너무 많았다.

"노형진? 따라와라."

노형진에게 와서 반말하는 남자. 다른 남자들과 다르게 동양계 사람이다.

'아마도 한국계 마피아인 모양이군.'

러시아에는 생각보다 많은 한국계 사람들이 살고 있다.

주로 일제시대에 피난을 갔거나 일제에 의해 전쟁터로 끌려갔던 사람들의 후예이다.

'반말이라……'

한국계로 보이는 모습, 능숙한 한국어. 그리고 반말.

'나를 기를 죽여서 데리고 가겠다는 건데.'

노형진은 그를 물끄러미 바라보다가 옆에 있는 로버트에게 말했다.

"로버트."

"네, 미스터 노."

"한국행 비행기를 예약하세요. 가장 빠른 걸로."

"네?"

"저쪽에는 대화 의지가 없는 것 같은데 우리가 여기서 시간을 죽일 필요는 없다고 생각합니다."

영어로 한 대화였지만 선두에 서 있던 동양인 남자는 당황하는 기색이 역력했다.

"돌아가시겠다고요? 하지만……."

"꺼릴 게 뭐 있습니까? 누군가는 이 일의 책임을 지겠죠. 뭐, 저한테 책임지라고는 못 할 거 아닙니까?"

노형진은 불쌍하다는 듯 한국계로 보이는 마피아를 바라보았다.

'영어를 알아들었단 말이지.'

그러지 않았다면 당황할 리가 없다.

그리고 자신이 데리러 왔는데 노형진이 심기가 뒤틀려서 가 버린다면 그 책임은 누가 질까?

뒤에 서 있는, 한국어라고는 한마디도 할 줄 모르는 덩치들?

'안 봐도 뻔하지.'

러시아는 인종차별이 엄청나게 심하다.

그런 러시아에서 레드 마피아에 속한 동양인이라면 두뇌파일 가능성이 높다.

실제로 남자는 최소 3개국어를 할 줄 안다.

러시아어는 당연할 테고, 한국어를 했으며, 영어를 알아들었다.

두뇌파라는 소리다.

'그런 타입이 내가 하는 말이 뭔지 모를 리가 없지.'

누군가가 책임져야 한다면 그건 노형진이 아닌 그다.

"미안합니다."

결국 상대방은 어쩔 수 없다는 듯 숙이고 들어왔다.

"제 기를 죽이라고 하던가요?"

"……."

"뭐, 시도는 좋았습니다. 하지만 장난치는 건 마음에 안 드네요."

노형진은 그 남자를 보면서 담담하게 말했다.

"제가 마이스터의 대리인이라는 건 아시죠? 각하께서 마이스터와 척지는 걸 별로 안 좋아하실 텐데요."

물론 여기서 말하는 각하는 대한민국의 대통령은 아니다.

당연히 러시아 대통령이다.

아무리 레드 마피아가 힘이 강해도 현직 러시아 대통령만은 못할 테니까.

그는 돈이 필요하고 투자가 필요하다.

'그런데 레드 마피아 때문에 투자가 날아갔다?'

조직 자체는 멀쩡할지 모르지만 보스의 목은 위험하다.

보스는 자기 목을 지키기 위해서라도 희생양을 내밀어야
한다.

'그게 과연 누구일까?'

싱글거리면서 웃는 노형진을 보면서 남자는 침을 꿀꺽 삼
켰다.

머리가 좋은 그가 그다음 일을 예상하는 건 조금도 어렵지
않았다.

"모시겠습니다."

"그러면 가지요."

아까와 다르게 깍듯하게 말하는 남자.

그를 따라가자 리무진이 기다리고 있었다.

천천히 움직여 도착한 곳은 어떤 호텔이었다.

호텔을 본 노형진은 헛웃음이 났다.

"장난하는 것도 아니고."

어찌 되었건 자신은 투자하기 위해 온 사람이다.

그런데 호텔이라고 잡아 둔 곳이 다 썩어서 무너지기 일보
직전인 그런 건물이다.

'어쩐지, 내가 호텔을 잡겠다는데 굳이 자기들이 호텔을

잡아 준다고 했을 때부터 알아봤다.'

노형진은 혀를 끌끌 찼다.

'저 남자는 실권이 별로 없는 모양이군.'

안 봐도 뻔하다. 저 남자가 실권을 가진 상황이라면 이런 멍청한 짓은 하지 않았을 것이다.

아마도 실권을 쥔 어떤 멍청한 놈이 기를 죽여야 한다고 보스를 설득했을 테고, 보스는 그 말을 들었을 거다.

'이런 범죄 조직에서는 흔하게 있는 일이기는 하지.'

한만우가 그냥 귀찮아서 노형진에게 조직의 양성화를 부탁한 게 아니다.

양성화라는 것은 결국 두뇌파가 이끌어야 한다. 따라서 필연적으로 육체파의 조직 장악력이 약해지는데, 그걸 꺼리는 경우에 이런 일이 종종 벌어진다.

보스가 확실하게 자리를 잡고 힘을 실어 줘야 하는데, 이런 조직들은 보스가 양성화는 원하지만 자기 실권이 줄어드는 건 또 싫어해서 견제를 심하게 한다.

'많은 조직에서 두뇌파를 자기네 뒷수습이나 하는 일종의 시다바리처럼 취급하니까.'

범죄 조직만의 문제가 아니다.

그러한 문제는 기업에서도 벌어진다.

조직을 만든다는 건 시스템을 만든다는 것이고, 시스템은 국가로 치면 법을 만드는 과정이다.

지금까지 나라를 쥐고 흔들던 독재자에게 '이제부터는 법과 원칙에 따라 재판을 하고 사람을 처분하셔야 합니다.'라고 하면 누구도 그 말을 따르지 않는다.

'뭐, 나야 좋지. 하지만 계획을 좀 바꿔야겠군.'

노형진은 속으로 웃었다.

이런 조직이면 당연히 극단적 폭력 성향을 보인다.

노형진이 이들을 고른 이유는 하나뿐이다.

그들이 지배하는 곳에 라스베뜨무역의 사무소가 있으니까.

라스베뜨무역의 관리자들이 누군지 모르지만 이런 조직을 막지는 못할 것이다.

'그렇잖아도 정부와 어떻게 소통할까 고민하고 있었는데 말이지.'

처음에는 레드 마피아를 통해 접촉할까 했다.

'하지만 이런 수준의 레드 마피아라면 상층부까지 선이 닿아 있을 가능성은 없겠어.'

기껏해 봐야 이 지역 경찰 수준일 테고, 그렇다면 러시아 정부에서 이들을 소탕할 가능성이 더 크다.

"크흠…… 그래도 나름 괜찮을 겁니다."

노형진이 아무런 말을 하지 않고 건물만 바라보자 헛기침을 하는 한국계 남자.

"괜찮을 거라고요?"

입구에 보이는 것은 누가 봐도 양아치다.

아마도 자신이 숙박하는 순간 옆에서 온갖 지랄을 하면서 겁을 줄 거다. 어쩌면 총질까지 할지도 모른다.

"흠……."

노형진은 주변을 둘러보다가 씩 웃었다.

낙후되고 오래된 건물.

노형진은 다른 곳으로 가지 않았다.

물론 가려고 한다면 갈 수는 있다. 더 좋은 호텔도 있을 테고, 일부는 보안이 확실할 것이다.

'하지만 그래서는 안 되지.'

결국 그건 상대방에게 겁먹고 도망간다는 걸 의미한다.

허를 찔러야 저쪽이 당황할 수밖에 없다.

"이 건물 주인을 좀 볼 수 있을까요?"

"이 건물 주인요?"

"네. 잠깐 보자고 해요."

동양인 마피아는 묘한 표정을 짓더니 안으로 들어갔다.

그리고 잠시 후 커다란 덩치의 남자 한 명을 데리고 왔다.

"이 남자에게 지금부터 하는 말을 통역해 줘요, 이 건물을 사고 싶다고."

"네?"

"200만 달러를 준다고 해요."

그러자 안에서 나온 남자의 눈동자가 흔들리기 시작했다.

200만 달러. 한화로 23억 정도.

이것이 법이다

당연하게도 이 당장 무너질 것 같은 건물은 그 정도 값어치가 없다.

그는 침을 꿀꺽 삼키고 잠깐 고민하더니 조심스럽게 입을 열었다.

"300만 달라는데요?"

"그만두죠. 갑시다."

환율의 차이도 있지만, 당장 이 건물은 무너져도 이상할 게 없는 수준이다.

그런데 그걸 300만?

'내가 미쳤냐?'

사실 노형진은 안 사도 그만이다.

노형진의 목적은 레드 마피아의 예상 행동 패턴에서 벗어나는 건데, 구입 의사를 밝히는 것만으로도 충분히 패턴에서 벗어났으니까.

노형진이 두말없이 벗어나려고 하자 주인 남자는 다급하게 매달렸다.

"200만 달러를 받아들이겠답니다."

노형진은 씩 하고 웃었다.

⚖️

거래는 순식간이었고, 노형진은 다른 호텔에 숙소를 잡았다.

    그리고 바로 건설업자를 고용해서 해당 건물을 파괴하라
고 시켰다.

    '당혹스럽겠지.'

    기선 제압을 하기 위해 그런 건물로 데리고 간 것일 텐데
건물을 부숴 버리는 선택을 할 줄은 몰랐을 테니까.

    "이름이나 들읍시다?"

    "네?"

    "이름 말입니다. 같이 일하려면 그 정도는 알아야 하지 않
겠습니까?"

    "세르게이 권입니다."

    "역시 한국계군요."

    "저희 증조할아버님이 독립운동을 한다고 러시아로 넘어
왔지요."

    정확하게는 과거 제정러시아일 것이다.

    그리고 그대로 한국으로 돌아가지 못했으리라.

    "그래요, 세르게이 권. 저랑 장난하라고 보스가 그러던가요?"

    "그게……. 미안합니다. 보스께서는 해외여행 경험이 없
으십니다."

    해외여행 경험이 없다.

    그는 그의 보스가 세상 물정 모른다는 것을 돌려 말한 것
이다.

    "스페츠나츠 출신인가 보군요."

"그걸 어떻게?"

"KGB 출신들은 이런 실수를 보통 잘 안 하지요."

하지만 구소련의 특수부대인 스페츠나츠 출신은 아무래도 교육의 수준이 낮은 편이다.

물론 제대로 된 지휘관 계급이라면 안 그럴지도 모르지만.

'지휘관 계급은 아니었던 모양이야.'

해외 경험이 없다는 것은 세상을 보는 시각이 편협하다는 걸 의미한다.

우물 안 개구리라고 하는 것처럼, 러시아에서 레드 마피아라고 설설 기는 것만 봐 왔다는 의미다.

"그런데 어떻게 세르게이 씨를 영입한 건지 모르겠군요."

"뒷수습할 사람이 필요하니까요."

아니나 다를까, 세르게이는 딱 그런 뒷수습하는 사람이었던 모양이다.

하지만 세르게이는 노형진이 자신들과는 수준이 다르다는 사실을 알고는 바로 꼬리를 만 것이다.

"그러면 내가 왜 여기에 왔는지는 아십니까?"

"그런 일은 제 담당이니까요. 라스베뜨에 대해서는 이미 알아봤습니다."

"그래요?"

"라스베뜨는 총 자산이 400만 달러 정도 되는 중견 기업입니다. 하지만 매년 적자를 면치 못하고 있지요. 저희 입장에서는 그다지 관심이 가지 않는 기업입니다."

400만 달러면 대략 50억 정도. 중견급은 되지만 사실 워낙 적자 폭이 크기에 관심이 갈 이유가 없다.

"애초에 라스베뜨에 투자하시려는 이유조차도 알 수가 없었지요."

"그래서 저한테 겁을 줘서 그 투자를 다른 기업으로 돌리는 게 목적이었습니까?"

"……."

세르게이는 아무 말 하지 않았다.

그게 사실이었으니까.

물론 이게 이렇게 이빨도 안 들어갈 거라고는 생각도 못 했지만.

"이제는 어쩌실 생각입니까?"

"원하시는 대로 해야지요. 라스베뜨 쪽에 압력을 행사하겠습니다."

강제로 투자받게 하고 그 운영권을 빼앗는 게 노형진의 계획이었다.

하지만 노형진은 세르게이의 조직에 대해 실망한 후였다.

'생각보다 힘이 약한 조직인 것 같은데.'

그렇지 않다면 계획대로 한다는 멍청한 말이 나올 리가 없다.

세르게이가 멍청하다기보다는 조직 역량의 한계로 보였다.

"그쪽에서도 나름 조사한 모양인데, 애석하게도 그 정보에는 허점이 있습니다."

"허점이라뇨?"

"라스베뜨는 적자가 나는 무역 회사가 아닙니다. 적자가 날 수밖에 없는 유령 회사죠."

"네?"

"라스베뜨는 자금 세탁을 위한 기업입니다."

머리 좋은 세르게이는 그게 무슨 의미인지 바로 알아차렸다.

자신이 조직에서 하는 일 중 하나가 바로 자금 세탁이기 때문이다.

"전환우라고 하는 과거 한국 독재자의 재산을 세탁하는 기업입니다. 물론 한두 곳이 아니기는 하지만, 가장 많은 돈을 세탁하고 있는 곳이 바로 라스베뜨이지요."

노형진의 말에 세르게이에게는 혼란이 닥쳐왔다.

다른 사람도 아니고 자국 독재자의 재산을 털어먹겠다니.

혼란스러워하는 세르게이를 보고 있던 노형진은 다른 의미로 실망했다.

'이 정도는 알아낼 수 있을 거라 생각했는데.'

아무래도 더러운 돈을 유통해야 하는 일이다 보니 자연스럽게 그 정보가 레드 마피아에게 넘어가게 된다.

그런데 그런 걸 몰랐다?

'안 봐도 대통령의 칼이군.'

그 정도 정보력도 없는 레드 마피아라면 속칭 대통령의 칼이라고 불리는 조직일 가능성이 크다.

레드 마피아에 대한 대대적인 청소는 러시아에서 수차례 벌어졌다.

하지만 그 과정에서 대통령이 자신과 밀접한, 정확하게 표현하자면 자신이 써먹는 조직들은 손대지 않았다.

'하지만 그런 조직들도 저마다 급이 있지.'

진짜로 대통령의 숨은 힘으로 작동하는 조직이 있는 반면, 한편으로는 버리는 패로 이용되는 조직도 있다.

숨은 힘으로 작동하는 조직은 그런 돈에 대해 아주 잘 알 수밖에 없다.

그렇지만 노형진이 말한 칼은 칼일 뿐이다.

범죄에 사용된 후에는 버려진다.

대표적인 예가 바로 정적의 살인이다.

현직 대통령은 대놓고 정적을 살해는 편이다.

그런데 그때 정부 조직을 쓸 수는 없다.

그럴 때 가장 많이 쓰는 방법이 납치 살인, 그게 힘들다면 강도 살인이다.

'이들의 조직은 후자군.'

어차피 버려질 거, 그런 더러운 일에 쓰고 버린다는 것.

그리고 그런 곳은 처벌 가능성이 높기에 절대로 중요한 정보는 주지 않는다.

'그러니 이들은 라스베뜨가 어떤 기업인지 모르는 거야.'

노형진은 거기까지 생각이 미치자 고민에 빠졌다.

'레드 마피아를 동원해서 선을 만들어서 압박하려고 했는데 생각과는 달리 일이 틀어졌어.'

이런 도구 취급받는 범죄 조직은 아무래도 러시아 중앙에 제대로 된 도움을 받을 만한 라인이 있을 리가 없다.

당연히 이들이 라스베트를 공격하거나 협박하기 시작하면 러시아 정부에서 압력이 내려올 테고…….

'내 계획은 틀어지겠지.'

노형진이 아무런 말도 하지 않고 있자 세르게이는 침을 삼키면서 침묵을 지켰다. 그는 머리가 좋은 사람이다.

'이런 상황에서는 내가 아무리 떠들어 봐야 달라지는 건 없어.'

그는 오랜 경험으로 알고 있었다.

여기서 의견을 낼 수야 있겠지만 조직에서도 자신의 의견을 받아들이는 경우는 드물다.

그렇다면 노형진은? 당연히 외부인이니 자신의 의견을 들어 줄 이유는 없다.

'어차피 나는 시키는 대로만 하면 되는 거야.'

그는 자신의 현 위치를 정확하게 알고 있었고, 그 때문에 설레발을 치거나 의견을 이야기하지는 않았다.

그러나 노형진이 오랜 고민을 한 후에 입을 열었을 때 그의 눈은 크게 흔들릴 수밖에 없었다.

"조직, 흡수할 생각 없습니까?"

"네? 조직을요? 아니, 저희 붉은늑대를 흡수하라고요?"

"네. 보아하니 하급 조직 같은데."

레드 마피아는 다른 나라와 마찬가지로 그 조직을 대표하는 별명이지 전부는 아니다.

일본의 야쿠자 아래에 온갖 범죄 조직이 있듯이 레드 마피아 역시 마찬가지다.

"붉은늑대라……. 확실히 스페츠나츠 타입이네요."

"네?"

"KGB 스타일은 아니라는 겁니다."

그들은 좀 더 세련되고 자신들을 감춰 줄 수 있는 이름을 선호하고, 붉은늑대니 붉은곰이니 하는 전투적인 이름은 스페츠나츠 출신들이 선호하는 스타일이다.

"라스베트를 건드리면 러시아 정부에서 관여할 겁니다."

러시아 정부에서는 전환우의 돈을 원하고 있으니 당연한 일이다. 하지만 대통령의 칼인 만큼 다짜고짜 죽이려고 들지는 않을 것이다.

사실 그럴 수가 없는 게, 러시아에서 레드 마피아는 한 지역의 치안을 담당하는 역할도 한다.

물론 기본적으로 경찰이 있지만 이런 시골의 작은 도시들은 그런 경찰의 힘이 약하다.

"만일 다짜고짜 붉은늑대를 건드리면 그 지역을 차지하기 위해 싸움이 날 테니까요."

그러니 일단은 손 떼라고 압박이 들어올 것이다.

"그 당사자를 저에게 데리고 오면 됩니다."

"당사자를 말입니까?"

"어차피 제 목적은 그대로입니다."

러시아와 손을 잡고 라스베뜨를 집어삼키는 것.

"당신네들이 저쪽에 연락할 수 있는 방법이 없다면, 이쪽에서 먼저 저쪽을 끌어내야지요."

"그런데 조직은 왜……?"

"누군가는 라스베뜨를 관리해야 합니다. 그런데 아까도 말했다시피 그 원래 주인은 사람 목숨을 파리 목숨으로 아는 독재자 출신 정치인입니다."

"아!"

당연하게도 노형진이 그곳을 집어삼키면 그는 다른 수작을 부릴 것이다.

물론 노형진을 직접 죽이는 멍청한 짓은 생각도 못 할 것이다. 실제로 노형진을 죽이려고 했던 놈들은 많았지만 대부분 그 끝이 좋지 않았으니까.

노형진이 원하지 않아서 그렇지, 원한다면 전직 대통령이 아니라 현직 대통령도 죽일 수 있다는 것쯤은 알 것이다.

"그러면 저를 대신해서 관리하는 사람을 노리겠지요."

일반인이라면 문제가 되지 않는다.

하지만 레드 마피아라면?

"결국 뻔한 거죠."

러시아 내에서 레드 마피아의 보스를 암살하려고 하는 멍청한 킬러가 있을 리가 없다.

설사 죽인다고 해도 그는 평생을 쫓겨 다닐 게 뻔하다.

"사람을 죽이는 건 쉽습니다. 하지만 걸리지 않게 사람을 죽이는 것? 그건 전혀 다른 문제죠."

사람을 죽이려고 한다면 동네 깡패를 사다가 총으로 드르륵 갈기면 그만이다.

하지만 그걸 당했을 때 레드 마피아가 가만있을 리가 없으니 그 킬러가 누군지 찾아내는 건 일도 아닐 게 뻔한데, 전환우가 범인이라는 걸 알게 되면 전직 대통령이고 나발이고 레드 마피아는 무슨 수를 써서라도 보복하려고 할 것이다.

'한국의 피해자들이야 법과 원칙이 우선이지만 레드 마피아가 그럴 리가.'

"그러니 추후 라스베뜨를 운영하기 위해서는 레드 마피아 아래에서 활동하는 게 좋지요. 하지만 현재 꼴을 보아하니 당신 보스는 그럴 능력이 안 되는 것 같군요."

세르게이는 자신도 모르게 고개를 끄덕거렸다.

사실 조직이 성장할 기회는 많았다.

하지만 그렇게 되면 자신의 권력이 약해질 것을 두려워한 그의 보스는 언제나 그런 기회를 거절했다.

"당신이 관리하면 될 것 같은데요."

노형진은 느긋하게 소파에 기대앉아서 말했다.

세르게이는 잠깐 고민했다.

그동안 당한 설움. 그게 몰려왔다.

'개 같은 놈들.'

사실 세르게이는 마피아가 되고 싶은 생각이 전혀 없었다.

그는 러시아에서 온갖 인종차별을 겪으면서 살아왔다.

성공해야 한다는 일념으로 공부해서 변호사까지 되었지만, 그런 그를 찾아온 마피아는 자기의 부하가 되지 않으면 가족들을 모조리 죽이겠다고 협박했다.

저항은 불가능했고, 결국 죽어라 고생해서 마피아 뒤치다꺼리나 하게 된 것이다.

'하지만 이제는 기회가 왔다.'

마피아가 그의 모든 것을 빼앗았지만 이제는 그가 마피아의 모든 것을 빼앗을 때였다.

"그러면 뭘 어떻게 하면 됩니까?"

"계획대로 하면 됩니다."

불타오르는 그의 눈을 보면서 노형진은 씩 하고 웃었다.

⚖️

세르게이가 변절한 걸 모르는 붉은늑대의 보스는 바로 사람을 보냈다.

라스베프의 사무실. 그곳의 문을 부수고 들어간 레드 마피아들은 직원들을 모조리 무릎 꿇렸다.

"뭐…… 뭐 하는 겁니까? 경찰에 신고할 겁니다."

남자 직원이 다급하게 말하는 순간 그는 앞으로 끌려 나왔다.

그리고 그의 몸 위로 무자비한 폭행이 쏟아졌다.

"꺄아아악!"

피가 튀고 사방에 그의 이빨이 굴러다닌다.

그럼에도 불구하고 레드 마피아들은 주변의 누가 보든 말든, 그들을 신고한다고 한 남자를 폭행하는 데 거리낌이 없었다.

결국 그는 초주검이 되고 나서야 풀려났다.

"또 신고할 사람?"

건장한 체격의 남자가 말하자 다들 움츠러들었다.

애초에 제대로 된 회사도 아니고 자금 세탁용 회사인지라 직원이라고 해 봐야 고작 네 명뿐. 그것마저도 사장 포함이다.

"우리 의뢰인이 여기에 투자하고 싶어 하시거든?"

"우…… 우리는 투자를 받지 않습니다."

사장은 쥐어짜는 듯한 목소리로 말했다.

그는 회사의 진실을 알기 때문이다.

"꺄아아아!"

"사장님!"

"아빠!"

둘밖에 없는 여직원 중 한 명은 사장의 딸이었나 보다.

그 둘 앞으로 끌려 나온 사장은 아까 그 직원처럼 두들겨 맞았다.

"보스, 그냥 손가락 자르고 그걸로 지장 찍죠."

"빼앗는 게 아니라 투자잖아. 저 새끼 살아 있긴 해야지."

"살아만 있으면 되는 거죠?"

"그래."

한 남자가 씩 웃으면서 거대한 망치를 가지고 왔다.

그리고 그 의미를 안다는 듯 다른 조직원들이 사장의 손과 몸을 꽉 잡았다.

"아…… 안 돼! 끄아아악!"

쭉 펴진 팔 위로 떨어지는 망치.

그의 팔은 기괴한 형태로 구부러졌고, 딸로 보이는 여자는 그대로 기절해 버렸다.

"아아악!"

"저 여자가 딸내미인가 봐? 이쁘네?"

사장이 비명을 지르든 말든 기절한 여자에게 가서 발로 툭툭 치는 남자.

"제발……. 제 딸은 안 됩니다."

"걱정 마. 내 취향은 아니야. 딴 놈들은 모르겠지만. 그리고 제대로 안되면 다른 보상이라도 받아야 하지 않겠어?"

"저희는 아무것도 모릅니다! 투자 계획 같은 건 들어 본 적도 없단 말입니다!"

울상이 되어서 외치는 사장에게 마피아는 미소 지으며 말했다.

"이제 생길 거야. 거절하면 내가 다시 한번 찾아올 테니까 기다리고 있으라고. 아, 그리고 신고하고 싶으면 해. 내가 너희들 주소 아니까."

만일 신고하면 가족들까지 깡그리 죽이겠다는 협박을 남기고 떠나는 마피아들을 보면서 사장은 기어가서 자신의 딸을 안아 줬다.

그의 눈에는 핏발이 서 있었다.

그리고 그의 머릿속에는 무슨 일이 생기면 연락할 사람의 연락처가 떠오르고 있었다.

⚖

하시노프는 늦은 밤에 연락을 받고는 짜증을 냈다.

"붉은늑대? 그놈들은 뭡니까?"

─네가 물어볼 이유가 있나? 가서 경고만 해 줘, 라스베뜨에서 손 떼라고.

"그냥 정리하시는 게…….."

─하시노프 동지, 그렇게 쉬고 싶다면 계속 쉬게 해 줄 수

이것이 법이다

있네.

하시노프는 침을 꿀꺽 삼켰다.

저 말이 단순히 집에서 쉬게 해 준다는 말이 아니라는 것쯤은 오랜 경험상 알고 있었다.

"알겠습니다."

동지라는 말은 구소련 이후에 거의 사라졌다.

그러나 그의 상관은 기분이 좋지 않을 때 저 동지라는 단어를 꺼내곤 했다.

만일 저 단어를 듣고도 그의 말에 의문을 가지거나 토를 달면, 그 뒤에는 생각만 해도 끔찍한 일이 벌어지곤 했다.

'멍청한 붉은늑대 놈들.'

그는 짜증을 내면서 붉은늑대의 본거지로 향했다.

그리고 그곳에서 자신의 신분증을 내밀었다.

"러시아연방보안국이다."

그는 그 신분증 하나로 다이렉트로 보스에게 향할 수 있었다.

하시노프는 보스에게 간단하게 말했다.

"라스베트에서 손 떼도록."

"무슨 말씀이십니까?"

"질문을 하고 싶나? 자리 옮겨서 한번 해 볼까?"

"아…… 아닙니다."

아무리 러시아 마피아의 힘이 강하다고 해도 연방보안국의 요원을 건드릴 수는 없다.

물론 상황에 따라서는 보안국 내부에서도 말 안 듣는 놈들은 건드려도 모른 척해 주기는 하지만 그건 어디까지나 상위 조직 이야기고, 자신을 이 밤중에 찾아와서 경고하는 사람이 그런 타입일 가능성은 없었다.

"더 이상 길게 이야기하지 않겠다."

"알겠습니다."

하시노프는 눈을 찡그리면서 밖으로 나갔다.

밖에서는 세르게이가 기다리고 있었다.

"잘 부탁드립니다. 저희는 언제나 당과 조국에 충성하고 있습니다."

슬쩍 봉투를 건네는 세르게이의 행동에 하시노프는 더 이상 말하지 않고 그걸 받아서 품에 챙겼다.

'이 오밤중에 이런 보상이라도 있어야지.'

그는 모른 척 자신의 집에 와서 아무도 없는 서재에서 봉투를 열었다.

그곳에는 빳빳한 지폐로 50만 루블, 한화로 대략 760만 원 정도 되는 돈이 들어 있었다.

러시아 평균 임금이 6만 루블 정도인 걸 감안하면 절대 작은 돈이 아니다.

"아깝네. 다 먹을 수도 없고."

하시노프는 그렇게 말하면서 내일 상급자에게 가져다줄 돈을 따로 빼기 시작했다.

그런데 그 과정에서 어떤 종이를 발견했다.

"뭐지?"

절묘하게 돈 사이즈로 잘라 둔 종이에 적혀 있는 글.

그걸 본 하시노프의 눈이 번뜩거렸다.

> 마이스터 측에서 조용히 만나기를 원합니다. 내일 오후 2시, 하스크 백화점 앞에서 기다리고 있겠습니다.

⚖

다음 날 하시노프는 침을 꿀꺽 삼키고는 하스크 백화점 앞으로 갔다.

물론 위에 보고해도 되지만 그도 바보는 아니었다.

'이게 사실이라면 난 나가리 되는 거지.'

다른 사람도 아니고 마이스터의 사람이 만나고 싶어 한다.

그 실적을 상관이 다 가지고 간다면 그는 그냥 남아서 뒷정리나 해야 한다.

그러니 최소한 자신도 한자리 차지할 정도는 되어야 하기에 그는 몰래 나온 것이다.

빵빵!

그 순간 울리는 클랙슨 소리.

고개를 돌려 보니 한 대의 고급 승용차가 그의 옆에 서 있었다.

"오래 기다리셨나요?"

창문이 내려가면서 모습을 보이는 세르게이.

"아닙니다. 온 지 얼마 되지 않았습니다."

"타시죠."

하시노프는 뒷좌석의 문을 열고 올라탔다.

그리고 고개를 돌리니 노형진이 앉아 있었다.

"반갑습니다. 노형진이라고 합니다."

"하시노프 막심입니다. 그냥 하시노프라고 불러 주시면 됩니다."

"반갑습니다, 하시노프."

노형진은 그의 손을 잡으면서 미소 지었다.

'생각보다 계급이 낮은 사람이네. 뭐, 상관없지.'

중요한 건 러시아 정부 쪽에 의견을 전달할 길이 생겼다는 것이다. 그의 계급이 아니라 그의 라인이 중요한 거다.

'러시아연방보안국이면 힘이 대단하지.'

러시아연방보안국 FSB는 그 악명 높았던 KGB의 후신이다.

당연히 그 당시 KGB 출신들이 많이 넘어갔고 지금도 그들은 러시아에서 공포의 대상이다.

"그런데 저를 만나고자 하신 이유가……?"

"정확하게는 러시아에 제 의견을 전달해 줄 수 있는 사람이 필요했습니다. 공문으로 보낼 만한 게 아니거든요."

천천히 움직이는 차량.

세르게이는 사람들을 피해서 시 외곽으로 빠져나갔다.

아무래도 그래야 혹시 모를 추적을 확인하기 쉬우니까.

"단도직입적으로 말하지요. 어차피 당신도 시간을 오래 비울 수는 없을 테니까. 라스베뜨를 제가 가지고 싶습니다."

"라스베뜨를요? 설마……?"

문득 하시노프는 붉은늑대들이 사장을 협박했던 일이 생각이 났다.

사장은 눈이 돌아가서 복수를 외치고 있지만, 이쪽에서는 아직 붉은늑대의 사용 가치가 있다고 생각해서 두고 보고 있는 중이었다.

"아니, 왜요? 거기는…….."

"네, 압니다. 적자투성이 기업이지요. 하지만 동시에 전환우의 자금 세탁을 하는 기업이기도 하지요. 안 그런가요?"

하시노프는 입을 다물었다.

"뭐, 라스베뜨 말고도 세탁해 주는 곳들이 좀 있을 거라 생각합니다만. 간단한 거죠. 저는 그들을 집어삼키고 싶습니다. 전환우의 재산을 그냥 돌려주고 싶지는 않거든요."

"하지만 전환우는 당신 나라의 대통령이었던 사람입니다."

"동시에 범죄자이며 학살자이기도 합니다. 다른 나라 같았으면 목이 날아가도 이미 백 번은 더 날아갔을 사람입니다. 정치적 이해관계 때문에 목숨이 남아 있는 거지요."

대부분의 대한민국 국민들에게 전환우는 국민들을 죽인 살인마일 뿐이다.

하지만 일부 세력의 사람들에게는, 북한으로부터 나라를 지킨 구국의 영웅이었다.

진실이야 어찌 되었건 전환우를 죽이는 행동은 국론을 사실상 두 개로 쪼개는 행위였고, 그런 극단적 국론 분열을 막기 위해 죄는 인정했지만 그의 목숨을 빼앗지는 않은 것이다.

"하지만 전환우가 잘 먹고 잘사는 것은 전혀 다른 문제이지요."

국민들을 쥐어짜고 깔아뭉개 가며 번 돈이다.

그 돈으로 본인뿐만 아니라 후대까지 잘 먹고 잘살고 있다.

정작 그에게 당한 사람들은 여전히 시신조차 찾지 못하고 있는데 말이다.

"제가 재판장도 아니고, 국가를 대신해서 그를 죽이거나 할 수는 없습니다. 저는 피해자도 아니니까요."

노형진에게 그럴 권리는 없다.

"하지만 최소한 그가 범죄 수익으로 잘 먹고 잘사는 건 막고 싶습니다."

노형진의 말에 하시노프는 아무런 말도 하지 못했다.

사실 뇌물을 받아 가면서 일하는 그의 입장에서는 이해가 안 갔다.

그리고 노형진은 그걸 알기에 그에게 슬쩍 떡밥을 던졌다.

"물론 도와주신다면 적당한 보상을 드리지요."

기브 앤드 테이크. 아이러니하게도 뇌물이 통하는 세상은 그게 확실하다.

뇌물이 통하지 않는 세상은 모든 것이 정해진 순서에 따라, 그리고 규정에 따라 움직인다.

하지만 이런 뇌물이 통하는 세상은 확실하게 뇌물값을 해야 한다.

그러지 않으면 나중에 어떤 보복이 따라올지 모르기 때문이다.

자신에게 뇌물을 쓸 수 있다는 것은 자신의 윗사람에게도 뇌물을 쓸 수 있다는 소리니까.

'선의나 정의에 따라 움직이는 사람들이 세상에 얼마나 될까?'

아마 한 줌도 안 될 것이다.

특히나 나라에 피해가 간다면 더더욱.

"으음……."

하시노프는 고민에 빠졌다.

자신이 끼어들고 싶지만 워낙 건수가 컸기 때문이다.

"어느 정도입니까?"

"뭐가 말입니까?"

"러시아에서 관리하고 있는 전환우의 돈 말입니다."

라스베뜨 문제로 그가 왔다는 것.

그건 그가 전환우의 돈을 관리하는 직책이거나, 최소한 그

라인에 있다는 의미다.

그리고 노형진의 예상은 정확하게 맞았다.

"530억 루블 정도 됩니다."

"그렇게 많다고요?"

한화로 친다면 8천억이 약간 안 되는 돈이다.

노형진이 현금으로 찾은 것과 러시아에서 관리하지 않는 돈까지 감안한다면 족히 1조는 되는 재산인 것이다.

'아무리 물가 상승률이 있다고 하지만.'

전환우가 집권하던 시기에 대한민국 예산은 7조 정도였다.

"간단하게 하지요. 그 돈을 전환우가 되찾을 수 있게……
아니지, 전환우가 쓰지 못하게 해 주신다면 전액 그대로 러시아에 투자하겠습니다."

이미 잃어버린 돈을 되찾는다고 노력해 봐야 러시아에서 도와주지 않을 건 뻔한 일.

"글쎄요."

그러나 하시노프는 고민하는 눈치였다.

물론 노형진은 그가 원하는 걸 정확하게 알고 있었다.

러시아 지역에 대한 투자? 미래를 위한 교육?

애석하게도 부패한 공무원들이 원하는 것은 그런 게 아니었다.

"전환우의 돈을 찾을 수 있다면 비공식적으로 당신을 제 채널로 이용하겠습니다."

하시노프의 눈이 반짝였다.

노형진의 비공식 채널이 된다.

그 말은 노형진 또는 마이스터와 비공식적으로 접촉하기 위해서는 그를 통해야 한다는 거고, 그런 경우 그는 확실하게 승진할 수 있다.

"진심이십니까?"

"아무래도 외부적으로는 레드 마피아와 일하는 게 부담스럽지 않습니까?"

하지만 다른 사람도 아닌 정부 관계자라고 한다면 상황이 다르다.

"물론 이야기가 잘될 때의 일입니다만."

"잘될 겁니다."

하시노프는 당연하다는 듯 말했다.

"약간의 도움만 주신다면 어렵지 않게 해 드릴 수 있습니다."

노형진은 씩 하고 웃었다.

"갈 때 트렁크 한번 보세요. 충분한 도움이 있을 겁니다, 후후후."

⚖

"뭐라고?"

하시노프는 바로 위의 상관을 제치고 차관급을 찾아갔다.

'그 새끼는 내가 보고 올리면 실적을 다 꿀꺽할 새끼야.'

그리고 자신은 버려질 것이다.

한두 번 당한 것도 아닌데 뻔히 알면서 또 당할 생각은 하시노프에게도 없었다.

그래서 찾아간 것이 이바노프였다.

"라스베뜨에 대한 투자를 용인해 주면 충분한 보답을 해 주겠다고 했습니다."

"하시노프, 지금 장난하는 건가? 라스베뜨가 어떤 곳인지 몰라서 그래?"

"알고 있습니다. 그래서 드리는 말씀입니다. 허락하신다면 라스베뜨의 주식 일부를 줄 용의도 있다고 합니다."

"주식?"

순간 이바노프의 눈이 반짝거렸다.

물론 자금 세탁을 묵인해 주는 조건으로 때때로 일정 금액을 받기는 하지만, 전환우가 가지고 가는 돈에 비하면 말 그대로 새 발의 피에 지나지 않았다.

"조건은?"

"붉은늑대 내부를 정리하고 라스베뜨에 투자가 가능하게 하는 것입니다."

"붉은늑대를?"

"네. 말로 해서 투자를 받지는 않을 테니까요."

자세한 이야기를 듣던 이바노프는 얼굴에 떠오르는 미소

를 감추지 못했다.

아무리 들어도 자신들에게 너무나 유리한 거래다.

물론 그 돈을 잃어버릴 전환우는 눈이 돌아갈 테지만, 그가 항의한다고 해서 자신들이 손해 볼 것은 없다.

도리어 전환우가 그 돈에 대해 권리를 주장하면 그 순간부터 한국에 권리가 생기는 셈이다.

"좋아. 그러면 그대로 진행하도록 하지. 어차피 붉은늑대는 사실상 소용이 없었으니까."

써먹고 버릴 만한 조직은 많았고, 붉은늑대는 그중에서도 작고 힘이 없는 조직 중 하나였다.

차라리 이렇게 정리하고 다른 조직을 받아들이는 것도 나쁜 건 아니었다.

"그러면 우리도 최선을 다했다고 볼 수 있겠지."

이바노프의 얼굴에 다시 한번 흡족한 미소가 떠올랐다.

⚖

얼마 후 러시아 경찰이 붉은늑대의 사무실로 들이닥쳤다.

"모조리 잡아넣어!"

"도망가!"

"어째서 경찰이?"

붉은늑대의 조직원들은 자신들을 습격하는 경찰들을 보고

당황했다.

그동안 일종의 비밀 계약에 따라 어떠한 처벌도 없었는데 그게 깨진 것이다.

"튀어!"

그들은 너도나도 도망가려고 했지만 경찰은 이미 도주로를 완벽하게 차단한 후였다. 사방에서 경찰이 튀어나왔고, 그 모습을 멀리서 바라보는 사람이 있었다.

"개새끼들. 죽어라."

끌려가는 붉은늑대를 바라보면서 잔인한 미소를 짓는 사람은 다름 아닌 라스베뜨의 사장이었다.

그는 팔에 깁스를 한 채로 그들이 끌려가는 장면을 보고 있었다.

"내가 그렇게 당하고도 그냥 있을 거라 생각했나?"

물론 그는 착각한 것이었다.

애초에 러시아에서는 경고로 끝낼 생각이었다.

하지만 노형진이 끼어들면서 상황이 변했고, 그래서 대대적인 청소가 이루어진 것이다.

"망할 놈들."

진실을 모르는 그는 그저 분노를 토해 낼 뿐이었다.

다음 권으로 이어집니다

하북팽가 검술천재

이도훈 신무협 장편소설

정마 대전의 영웅, 무無부터 다시 시작하다!

목숨 바쳐 싸웠음에도
가차 없이 '팽' 당했던 광귀, 팽한빈.

현세와 작별까지 고했는데…… 어라?
눈 떠 보니 20년 전?
심지어 '하북 최고의 겁쟁이' 시절로 회귀했다?

[용안龍眼으로 구결을 확인하시겠습니까?]

흩어진 구결을 다 모아 비급을 완성한다면
하북 최강이 되는 것도 시간문제!
겁쟁이보단 망나니가 낫겠지!

팽가의 수치가 도, 아니 검술천재로 돌아왔다!

꿈의 도약, 로크에서 하십시오
(주)로크미디어에서 신인 작가를 모십니다

즐거운 세상, 로크미디어는 꿈을 사랑하고 도전을 두려워하지 않는 작가 분들의 참신한 작품을 기다리고 있습니다. 21세기 장르 문학계를 이끌어 갈 차세대 선두 주자 (주)로크미디어에서 여러분의 나래를 활짝 펴 보시길 바랍니다.

모집 분야 판타지와 무협을 포함한 장르 문학
모집 대상 아마추어 작가, 인터넷 작가
모집 기한 수시 모집
  작품 접수 시 유의 사항
    1. 파일명은 작가명_작품명.hwp형식을 갖춰 주십시오.
    1. 파일에 들어갈 내용은 다음과 같습니다.
      ─ 성명(필명인 경우 실명을 밝혀 주세요), 연락처, 이메일 주소
      ─ 제목, 기획 의도
      ─ A4용지 1장 분량의 등장인물 소개
      ─ A4용지 2장 분량의 전체 줄거리
      ─ 본문
    1. 작품이 인터넷에 연재되고 있다면, 게시판명과 사이트의 구체적이고 정확한 주소를 기재해 주십시오.

선택된 작품은 정식 계약 후 출판물로 간행되어 전국 서점에 유통됩니다.
작가 분은 (주)로크미디어의 전폭적인 지원하에 전속 작가로 활동하시게 됩니다.
※ 자세한 내용은 로크미디어 홈페이지(rokmedia.com)를 참조하세요.

(03920)서울시 마포구 성암로 330 DMC첨단산업센터 3층 318호
(주)로크미디어 편집부 신간 기획 담당자 앞
전화 : 02) 3273-5135
www.rokmedia.com   이메일 : rokmedia@empas.com

만렙닥터 리턴즈

13월생 현대 판타지 장편소설

인생 2회 차 경력직 신입
칼솜씨도, 인성도 '만렙'인 의사가 돌아왔다!

만성 인력난에 시달리는 흉부외과에 들어온 인턴
메스도 잡아 본 적 없는 주제에
죽을 생명을 여럿 살려 내기 시작한다?

"이 새끼, 꼴통 맞네."
"죄송합니다."
"잘했어!"
"네?"

출세만을 좇으며 살았던 전생
이렇게 된 이상 인생도 재수술 한번 가자!

무데뽀(?) 정신으로 무장한 회귀 의사
이제부터 모든 상황은 내가 집도한다!

魔帝南宮 남궁마제

문운도 신무협 장편소설

회귀한 뇌왕, 가족을 지키기 위해 정파의 중심에서 제대로 흑화하다!

세상을 뒤집으려는 귀천성에 맞서 싸우다
가족을 모두 잃고 제물로 바쳐진 뇌왕 남궁진화
마지막 순간 원수의 뒤통수를 치고 죽으려 했으나
제물을 바치는 진법이 뒤틀리며 과거로 회귀하다!?

남궁세가의 양자가 된 어린 시절로 돌아온 후
귀천성이 노리는 자신의 체질을 연구하다 기연을 얻고
회귀 전과 다른 엄청난 미모와 함께
뇌전의 비밀마저 알아내 경지를 뛰어넘는데……

가족들에게는 꽃처럼 사랑스러운 막내지만
적이라면 일단 패고 보는 패악질의 끝판왕!
귀천성 때려잡기에 나서다!